mc *Melhores Contos*

J. J. Veiga

Direção de Edla van Steen

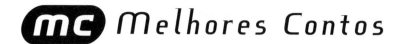 Melhores Contos

J. J. Veiga

Seleção de
J. Aderaldo Castello

© José J. Veiga, 1989
4ª Edição, Global Editora, São Paulo 2000
4ª Reimpressão, 2013

Diretor Editorial
JEFFERSON L. ALVES

Gerente de Produção
FLÁVIO SAMUEL

Coordenadora Editorial
DIDA BESSANA

Assistente Editorial
JOÃO REYNALDO DE PAIVA

Revisão
LUCIANA CHAGAS

Projeto de Capa
RICARDO VAN STEEN (TEMPO DESIGN)

Editoração Eletrônica
ANTONIO SILVIO LOPES

Dados Internacionais de Catalogação na Publicação (CIP)
(Câmara Brasileira do Livro, SP, Brasil)

Veiga, José J. 1915-1999.
 Melhores contos J. J. Veiga / J. Aderaldo Castello (seleção); Edla van Steen (direção) – 4. ed. – São Paulo : Global, 2000. (Coleção Melhores Contos).

ISBN 978-85-260-0228-9

1. Contos brasileiros. I. Castello, José Aderaldo, 1921-
II. Título. III. Série.

94-4106 CDD-869.935

Índices para catálogo sistemático:
1. Contos : Século 20 : Literatura brasileira   869.935
2. Século 20 : Contos : Literatura brasileira   869.935

Direitos Reservados

GLOBAL EDITORA E DISTRIBUIDORA LTDA.
Rua Pirapitingui, 111 – Liberdade
CEP 01508-020 – São Paulo – SP
Tel.: (11) 3277-7999 – Fax: (11) 3277-8141
e-mail: global@globaleditora.com.br
www.globaleditora.com.br

Obra atualizada conforme o
Novo Acordo Ortográfico da Língua Portuguesa

Colabore com a produção científica e cultural.
Proibida a reprodução total ou parcial desta obra
sem a autorização dos editores.

Nº de Catálogo: **1728**

José Aderaldo Castello nasceu em 1921, na cidade de Mombaça, Ceará, onde passou a infância e adolescência em pequenos engenhos e fazendas de criação. Graduou-se bacharel licenciado em Letras Clássicas e Vernáculas pela Faculdade de Filosofia, Ciências e Letras da Universidade de São Paulo. Logo a seguir, convidado para professor-assistente da Cadeira de Literatura Brasileira da Faculdade em que se formou, dava início à carreira docente e de pesquisador em Literatura Brasileira: doutoramento, livre-docência e cátedra, pelo decorrer de 1945 a 1984, quando se aposentou. Mereceu o título de Professor Emérito da Faculdade de Filosofia, Letras e Ciências Humanas – USP. Também lecionou na Universidade Mackenzie.

Esteve como professor visitante nas universidades da Provença e Bordeaux na França, e de Colônia na Alemanha. Foi diretor do Instituto de Estudos Brasileiros da Universidade de São Paulo; membro do Conselho Estadual de Cultura de S. Paulo; e da Comissão de Avaliação dos cursos de pós-graduação em Letras e Linguística/Capes, nos dois primeiros biênios de sua instalação.

Escreveu para periódicos estrangeiros e nacionais tendo sido crítico da revista Anhembi *e colaborador efetivo do "Suplemento literário" de* O Estado de S. Paulo. *Conta com várias publicações em livros, das quais ressaltamos:* Realidade e ilusão em Machado de Assis; Manifestações literárias do Período Colonial; Presença da Literatura Brasileira – história, crítica e antologia, *em colaboração com Antonio Candido;* José Lins do Rego – Modernismo e regionalismo; A Literatura Brasileira – origens e unidade (1500-1960).

DO REAL AO MUNDO DO MENINO POSSÍVEL

*"É boquinha da noite
no mundo que o menino impossível
povoou sozinho!"* (Jorge de Lima)

A composição dos contos de José J. Veiga é muito mais tradicional do que inovadora, não obstante a sua incursão no fantástico, no onírico ou no surrealista. Alguns contos consistem numa situação – desfecho, quer dizer, num quadro que sintetiza "antecedentes", esclarecendo a relação entre o familiar ou coletivo, envolvente, e o individual. Prevalece, então, uma visão emanada do geral, condicionando uma situação singular. Outros são a pequena narrativa de uma etapa de vida. Culminam em final dramático, por vários motivos: distanciamento de culturas, marcado por reações preconceituosas; hostilidade implacável do prepotente contra o mais fraco; ou ainda, a perversidade dos que são algozes, em contraste com a passividade da vítima, que ignorava o que lhe seria reservado. Ainda há casos em que o conto se reduz a uma espécie de episódio – chave na trajetória do protagonista, pressupondo, pois, antecedentes e consequentes; finalmente, há outros que são a representação seletiva de uma experiência completa em si mesma, já superada e, portanto, simplesmente evocada.

Para as diferentes abordagens da realidade que nos transmite, o autor não se deixa preocupar com as especificidades da paisagem, de maneira a identificá-la "regionalmente". Na verdade, o que se impõe na concepção da paisagem é a configuração do espaço que comporte o clima de envolvimento de situações, conjunturas ou episódios singulares ou da condição humana. A paisagem, portanto, é ambientação, concebida reciprocamente com a ação. Reduz-se ao essencial necessário, ao dimensionamento do universo representado, em que frequentemente se passa do equacionamento com o real para as libertações oníricas ou fantásticas. Contudo, quase todos os contos se apresentam equacionados com o universo rural em que se destacam pequenas propriedades e excepcionalmente pequenos vilarejos, reais ou imaginários. Sente-se sempre a presença desse universo sertanejo, interiorano, com seus valores e sua rotina de vida.

Surpreendemos também certa frequência de vocábulos, que são peculiares àquele universo, e frases feitas, em consonância com a oralidade de algumas narrativas. E a característica frequente do conto *contado* para ser *ouvido*, por sua vez favorece o despojamento da narrativa e solicita a colaboração do ouvinte para a visão do espaço e neste, simultaneamente, para o desenrolar da ação.

Aqui, é preciso frisar, quando fala o personagem-criança-narrador diretamente, mesmo que a evocação seja feita pelo adulto em que a criança se transformou, o que nos fica de fato é a impressão de que estamos ouvindo a própria criança. Citemos o conto "Professor Pulquério", que de início registra claramente a confissão memorialística: "Quando eu era menino"... A evocação da visão-experiência da criança, que é o verdadeiro protagonista, é organizada pelo adulto, cuja interferência resulta na interdependência das duas idades. Vejamos: primeiro, aquilo que aconteceu e que deve ser narrado ou relembrado, uma vez já esquecido por todos, salvo pelo adulto-narrador que se propõe relembrá-lo a partir de dados da memória, guardados desde a infância; a seguir, o perfil do herói dos acontecimentos; o convívio da criança-testemunha com o herói que lhe informa sobre a descoberta que fez de documentos antigos, indicadores da existência de um tesouro escondido; o que ele pretende, para desenterrá-lo em proveito de todos: apelos aos habitantes da vila, sempre indiferentes, assim também as autoridades; o protesto do herói, só então mobilizando a comunidade, que imediatamente volta a sua atenção para o desfecho de uma situação de verdadeiro impasse, criada pela forma de protesto; finalmente o desfecho, quando todos retornam indiferentes à rotina de todos os dias. E habilmente o autor consegue dar à narrativa uma dimensão machadiana, desde a estrutura, linguagem, análise de reações, reflexão crítica explícita ou implícita, até o desvendamento da impiedade humana, ao mesmo tempo que acentua um tanto caricaturescamente o distanciamento entre ilusão e realidade prática, não obstante as ambições humanas. José J. Veiga de uma maneira geral investiga a condição humana, onde a solidariedade sofre com a perversidade e a indiferença, ou com os preconceitos e o egoísmo e até mesmo com a passividade. Mas se é assim o mundo dos adultos, esses aspectos negativos só excepcionalmente são também do universo da criança ou adolescente, como exemplifica um único conto que, ao contrário de outros de temática infantil, é de ambientação urbana. E sem dúvida a riqueza maior do narrador reside exatamente na representação do universo da criança/adolescente naquele condicionamento rural. Oscila entre a relação com o universo adulto e a fantasia – devaneio ou mesmo sonho, peculiares da primeira idade. Talvez porque o espaço condicionador seja o rural, ele é propício aos sentimentos despojados, ingênuos ou puros. E com as possibilidades perceptivas e intuitivas da própria criança, além do seu poder de imaginação ou fantasia, se reconhece o universo circundante, seja do homem adulto, seja mesmo dos irracionais. Da parte da criança é um querer penetrar-descobrir-saber, embora apenas com os instrumentos da percepção e da sensibilidade. E enquanto a realidade concebida – composta com o seu próprio real mais devaneio ou sonho ou fantasia – incorpora a criança, é por ela igualmente incorporada, sem prejuízo da perspectiva de compreensão futura por parte da própria criança ao se fazer adulta. Porque, felizmente, a criança ainda não sabe discernir entre o certo e o errado, o bom e o mau, para não dizer o bem e o mal, ainda está longe dos poderes da consciência moral com seus parâmetros de conduta. Ela percebe ou intui conforme com as circunstâncias e é assim que dá expansão à sua maquinação ou aguarda aqueles esclarecimentos futuros. De qualquer maneira, ela cria livremente a sua autodefesa, uma vez que também é alvo da maldade dos adultos ou das vicissitudes da vida. Se é amparada pela solidariedade, é igualmente atingida por antipatias e, sem dúvida, aspira a conhecer o porquê das coisas e do nosso comportamento.

Tanto na representação do universo do adulto quanto do infantojuvenil, ou de ambos simultaneamente, o real alterna com o imaginário – onírico ou fantástico –, embora este derive daquele. Quer dizer, ambos coexistem. Sem dúvida o real – e o real como componente implícito na temática ou próprio do seu condicionamento, portanto com ela relacionado – é o próprio real, mas selecionado, isto é, reduzido ao essencial. É dessa captação e representação do real que emerge a imaginação liberada e livre, desdobrando-se ao exagero, ao absurdo, para além da noção de tempo e de espaço. Por exemplo, em "O galo impertinente", que nos lembra "O edifício", de Murilo Rubião, gerações inumeráveis de engenheiros se sucedem na construção de uma estrada, finalmente inaugurada. Mas nela surge um galo misterioso de enormes proporções, tormento de todos e ameaça de vidas, de forma que aquela perfeição alcançada é abandonada, quando na verdade desde o início não tinha finalidade, não traduzia uma solicitação ou necessidade definida.

Também o fantástico e o absurdo residem às vezes no mistério que envolve as coisas e as pessoas, espécie de encantamento, que desvendado, se desfaz. Embora inútil, consola ou ilude, não tem preço, mesmo sendo precioso e imprescindível. Veja-se assim "A máquina extraviada", que, de repente, sem se saber de onde, trazida por homens que logo desaparecem, surge num pequeno lugarejo, brilhante e muda, exposta ao tempo e à curiosidade embasbacada dos habitantes locais que aos poucos a incorporam no seu universo e cuidadosamente a preservam. Esse inútil misterioso e inegociável passa a ser um símbolo existencial não importa de que ilusão, contudo essencial àquela pequena comunidade, como na crônica "O sino de ouro" de Rubem Braga.

Mas reconsideremos ainda – e são os mais numerosos – os contos cujo ângulo de visão é o infantojuvenil. Há casos, como ressaltamos, em que se passa do real ao onírico, este com o seu poder ao mesmo tempo libertador e liberador da criança, seja em defesa contra o cerco dos adultos, seja para a reordenação e reconhecimento do universo independente e próprio da infância, ou para as duas coisas ao mesmo tempo. Se relemos *Os cavalinhos de Platiplanto*, remergulhamos mesmo nas liberdades criadoras da literatura infantil. Desvendamos então um veio da sua própria gênese, ou seja, o recurso de atribuir à criança a revelação, digamos, "autobiográfica" do seu universo, fazendo ao mesmo tempo que o leitor adulto se reverta por sua vez ao universo da própria infância, enquanto se identifica com a representação daquele outro. Mas há casos em que o testemunho que se fixou na infância é rememorado pelo adulto, de maneira a sobrepor um ângulo de visão tardio, "memorialístico", ao do registro originário. Em outras palavras foi o que vimos em "Professor Pulquério" e melhor se constata em "A usina atrás do morro", em que a visão fantasiosa ou fantasiada da infância pode revestir-se de sentido metafórico. Denuncia-se aí o poder da máquina, devoradora da paz e da solidariedade, da vida simplória e pacata, do espontâneo e natural, sem respeito pela tradição, tranquilidade e liberdade de certa condição humana. Finalmente, o conto "Fronteira", o inverso dos demais contos de representação do universo infantojuvenil. Aqui, em vez da passagem do real ao onírico fantasioso, passa-se deste segundo nível ao primeiro, flagrando o momento em que a criança perde ou começa a perder o seu próprio poder de fantasia.

Para a configuração desse universo infantojuvenil, ou melhor, da criança, o autor adequadamente preferiu o ângulo de visão dos seus pequenos heróis, assim ampliando e colorindo o universo real ao sabor da percepção desviada antes para a fantasia do que para a própria realidade, quando o medo não a desfigura ou a desproporciona ao exagero. Quer dizer, a própria criança vê, sente e configura seu universo, cuja dimensão do real ao imaginário depende sempre dela, mesmo quando projetada no adulto. E nos dois livros de José J. Veiga – *Os cavalinhos de Platiplanto* e *A máquina extraviada* – predominam os contos que representam este universo emergindo do real circundante para a libertação fantasista ou onírica, alguns casos em nível do fantástico e poucos limitados ao verossimilhante e racional. Tudo indica que o autor reconstitui um universo guardado amorosamente pela memória, quer dizer, daí derivado, sem ser impedido de criar situações paralelas e até de compor conjunturas às vezes dramáticas e imprevisíveis. O certo é que esse todo criado ou recriado constitui uma importante e, sob muitos aspectos, original contribuição de José J. Veiga para o enriquecimento da narrativa ficcional brasileira.

José Aderaldo Castello

11

NOTAS

1. De dois livros de contos de José J. Veiga – *Os cavalinhos de Platiplanto* e *A máquina extraviada* –, com publicações sucessivas de diferentes editoras, utilizamos os textos que temos em mãos, a saber: do primeiro, a 7ª edição, Civilização Brasileira S.A., Rio de Janeiro, 1974; do segundo, a 2ª edição, pela mesma editora, 1974. Em respeito à fidelidade dos textos, a revisão final ficou sendo da responsabilidade do autor.
2. Reproduzimos do primeiro livro indicado na nota anterior, com doze contos, um total de nove; e do segundo, com catorze, transcrevemos onze.

   São dispostos na mesma ordem em que aparecem nas respectivas obras, naturalmente um grupo de contos depois do outro, mas sem separação expressa. Ficam, assim, respeitadas as sequências originais do próprio autor.

CONTOS

A USINA ATRÁS DO MORRO

Lembro-me quando eles chegaram. Vieram no caminhão de Geraldo Magela, trouxeram uma infinidade de caixotes, malas, instrumentos, fogareiros e lampiões, e se hospedaram na pensão de D. Elisa. Os volumes ficaram muito tempo no corredor, cobertos com uma lona verde, empatando a passagem.

De manhãzinha saíam os dois, ela de culote e botas e camisa com abotoadura nos punhos, só se via que era mulher por causa do cabelo comprido aparecendo por debaixo do chapéu; ele também de botas e blusa cáqui de soldado, levava uma carabina e uma caixa de madeira com alça, que revezavam no transporte. Passavam o dia inteiro fora e voltavam à tardinha, às vezes já com o escuro. Na pensão, depois do jantar, mandavam buscar cerveja e trancavam-se no quarto até altas horas. D. Elisa olhou pelo buraco da fechadura e disse que eles ficavam bebendo, rabiscando papel e discutindo numa língua que ninguém entendia.

Todo mundo na cidade andava animado com a presença deles, dizia-se que eram mineralogistas e que tinham vindo fazer estudos para montar uma fábrica e dar trabalho para muita gente, houve até quem fizesse planos para o dinheiro que iria ganhar na fábrica; mas o tempo passava e nada de fábrica, eram só aqueles passeios todos os dias pelos campos, pelos morros, pela beira do rio. Que queriam eles, que faziam afinal?

Encontrando-os um dia debruçados na grade da ponte, apontando qualquer coisa na pedreira lá embaixo, meu pai cumprimentou-os e puxou conversa; eles olharam-no desconfiados, viraram as costas e foram embora. Meu pai achou que talvez eles não entendessem a língua, mas depois vimos que a explica-

15

ção não servia: quando encontraram o preto Demoste de volta do pasto com a mula do padre eles conversaram com ele e perguntaram se lobeira era fruta de comer. E como poderiam viver na pensão se não conhecessem um pouco da língua? Por menos que falassem, tinham que falar alguma coisa. O que me preocupou desde o início foi eles nunca rirem. Entravam e saíam da pensão de cara amarrada, e o máximo que concediam a D. Elisa, só a ela, era um cumprimento mudo, batendo a cabeça como lagartixas. Aprendi com minha vó que gente que ri demais, e gente que nunca ri, dos primeiros queira paz, dos segundos desconfie; assim, eu tinha uma boa razão para ficar desconfiado.

Com o tempo, e vendo que a tal fábrica não aparecia – e não sendo possível indagar diretamente, porque eles não aceitavam conversa com ninguém – cada um foi se acostumando com aquela gente esquisita e voltando a suas obrigações, mas sem perdê-los de vista. Não sabendo o que eles faziam ou tramavam no sigilo de seu quarto ou no mistério de suas excursões, tínhamos medo que o resultado, quando viesse, pudesse não ser bom. Vivíamos em permanente sobressalto. Meu pai pensou em formar uma comissão de vigilância, consultou uns e outros, chegaram a fazer uma reunião na chácara de Seu Aurélio Gomes, do outro lado do rio, mas Padre Santana pediu que não continuassem. Achava ele que a vigilância ativa seria um erro perigoso; supondo-se que os tais descobrissem que estava havendo articulações contra eles, o que seria de nós que nada sabíamos de seus planos? Era melhor esperar. Naquele dia mesmo ele ia iniciar uma novena particular, para não chamar atenção, e esperava que o maior número possível de pessoas participasse das preces. Na sua opinião, essa era a providência mais acertada no momento.

Estêvão Carapina achou que um bom passo seria interceptar as cartas deles e lê-las antes de serem entregues, mas isso só podia ser feito com a ajuda do agente André Góis. Consultado, André ficou cheio de escrúpulos, disse que o sigilo da correspondência estava garantido na Constituição, e que um agente do correio seria a última pessoa a violar esse sigilo; e para matar de vez a sugestão falou em duas dificuldades em que ninguém havia pensado: a primeira era que, nos dias de correio, só um dos dois saía em excursão, o outro ficava de sobreaviso para ir correndo à agência quando o carro do correio passasse; a segunda dificuldade era que as cartas com toda certeza vinham em língua que ninguém na cidade entenderia. Que adiantava portanto abrir as cartas? Era mais um plano que ia por água abaixo.

Sem dúvida o perigo que receávamos nesses primeiros tempos era mais imaginário do que real. Não conhecendo os planos daquela gente, e não podendo estabelecer relações com eles, era natural que desconfiássemos de suas intenções e víssemos em sua simples presença uma ameaça a nossa tranquilidade. Às vezes eu mesmo procurava explicar a conduta deles como esquisitice de estrangeiros, e lembrava-me de um alemão que apareceu na fazenda de meu avô de mochila às costas, chapéu de palha e botina cravejada. Pediu pouso e foi ficando, passava o tempo apanhando borboletas para espetar num livro, perguntava nomes de plantas e fazia desenhos delas num caderno. Um dia despediu-se e sumiu. Muito tempo depois meu avô recebeu carta dele e ficou sabendo que era um sábio famoso. Não podiam esses de agora ser sábios também? Talvez estivéssemos fantasiando e vendo perigo onde só havia inocência.

Imaginem portanto o meu susto e a minha indignação com o que me aconteceu uma tarde. Eu tinha ido à pensão receber o dinheiro de uns leitões que minha mãe havia fornecido a D. Elisa e na saída aproveitei a ocasião para dar uma olhada nos caixotes empilhados no corredor. Levantei uma beirada da lona e vi que eram todos do mesmo tamanho e com os mesmos letreiros que não entendi. Ia puxando novamente a lona quando notei uma fenda em um deles, e como não passava ninguém no momento resolvi levar mais longe a minha inspeção. Abri o canivete e estava tentando alargar a fenda quando senti o corredor escurecer. Pensei que fosse a passagem de alguma nuvem, como às vezes acontece, e esperei que a claridade voltasse. Voltou, mas foi uma mão pesada agarrando-me pelo pescoço e jogando-me contra a parede. O puxão foi tão forte que eu bati com a cabeça na parede e senti minar água na boca e nos olhos. Antes que a vista clareasse, um tapa na cabeça do lado esquerdo, apanhando o pescoço e a orelha, mandou-me de esguelha pelo corredor até quase a porta

17

da rua. Apoei-me na parede para me levantar, e um pontapé nas costelas jogou-me esparramado na calçada. Erguendo a cabeça ralada do raspão na laje, vi o homem de culote e blusa cáqui em pé na porta, com as mãos na cintura, olhando-me mais vermelho do que de natural. Com a cabeça tonta, o ouvido zumbindo e o corpo doendo em vários lugares, e o canivete perdido não sei onde, não me senti com disposição para reagir. Apanhei umas coisas caídas dos bolsos, bati o sujo da roupa e desci a rua mancando o menos que pude.

Felizmente não passava ninguém por perto. Se alguém soubesse da agressão haveria de querer saber o motivo, e como poderia eu contar tudo e ainda esperar que me dessem razão?

Para não chegar em casa com sinais de desordem no corpo e na roupa desci até o rio, lavei o sangue dos ralões do punho e da testa e o sujo do paletó e dos joelhos da calça, enquanto pensava um plano eficiente de vingança. Uma pedrada bem acertada na cabeça, ou uma porretada de surpresa, resolveria o meu caso. Ele não perderia por esperar.

Mas eu estava enganado quando supunha que ninguém tinha visto. Em casa encontrei mamãe aflita. Meu pai tinha saído à minha procura, armado com a bengala de estoque. Fiquei sabendo então que D. Lorena costureira tinha visto tudo de sua janela do outro lado da rua e fora correndo contar à vizinha dos fundos – e a notícia espalhou-se como fogo em capim seco. Foi por isso que meu pai, ao dobrar a primeira esquina, foi cercado por um grupo de amigos que não o deixaram prosseguir. Achavam todos, e com razão, que ele não devia agir enquanto não me ouvisse. Tive então que contar tudo, mas achei bom não dizer que tinha sido apanhado escarafunchando o caixote; disse apenas que tinha dado uma palmada nele por cima da lona.

Isso trouxe uma longa discussão sobre o possível conteúdo dos caixotes, e concordamos que devia ser qualquer coisa muito preciosa, ou muito delicada, a ponto de uma palmada por fora deixar o dono alarmado. Mas que coisa poderia ser que preenchesse essa ampla hipótese?

Meu pai achou que estávamos perdendo tempo em aceitar a situação passivamente, enquanto em algum lugar, sabe-se

lá onde, gente desconhecida podia estar trabalhando contra nós; era evidente que aqueles dois não agiam sozinhos. As cartas que recebiam e os relatórios que mandavam eram provas de que eles tinham aliados. O que devíamos fazer sem demora, propôs meu pai, era procurar o delegado ou o juiz e pedir que mandasse abrir os caixotes, devia haver alguma lei que permitisse isso. Se não fosse tomada uma providência, as coisas iriam passando de mal a pior, e um dia quando acordássemos nada mais haveria a fazer. O delegado, como sempre, estava fora caçando. O juiz foi compreensivo, mas disse que dentro da lei nada se podia fazer, e acrescentou, mais aconselhando que perguntando:
– Naturalmente não vamos querer sair fora da lei, não é verdade?
Quanto à agressão, se meu pai quisesse fazer uma queixa, o delegado teria que abrir inquérito – desde que houvesse testemunhas.
Como a única pessoa que tinha visto parte do incidente era D. Lorena, meu pai foi o primeiro a reconhecer que contar com ela seria perder tempo. D. Lorena era dessas pessoas que têm medo até de enxotar galinha. No inquérito, na presença do agressor, ela cairia em pânico e juraria nada ter visto. Assim, a despeito de toda atividade continuávamos sem um ponto de partida.
De repente a situação começou a evoluir com rapidez, e fomos percebendo para onde éramos levados. O primeiro a se passar para o outro lado foi o carpinteiro Estêvão. Estêvão tinha uma chácara do outro lado do rio, atrás do morro de Santa Bárbara. Quando os filhos chegaram à idade de escola ele alugou a chácara a Seu Marcos Vieira, escrivão aposentado, e veio morar na cidade. Seu Marcos vinha insistindo com Estêvão para vender-lhe a chácara, mas Estêvão recusava, dizia que quando os filhos estivessem mais crescidos deixaria o ofício e voltaria para a lavoura.
Pois não é que Estêvão achou de vender a chácara para aqueles dois, num negócio feito em surdina? Meu pai disse que o procedimento dele não tinha explicação, nem pela lógica nem pela moral. Houve mistério na transação, isso era fora de dúvida. Apertado um dia por meu pai, Estêvão respondeu com estupidez, disse que fez o negócio porque a chácara era dele e ele não tinha

19

tutor; depois, vendo o espanto de meu pai, seu amigo de tanto tempo, caiu em si e disse:
— Vendi porque não tive outro caminho, Maneco. Não tive outro caminho.

Quando meu pai insistiu por uma explicação mais positiva, ele abriu a boca para falar, mas apenas suspirou, virou as costas e foi-se embora.

Seu Marcos teve que se mudar a bem dizer a toque de caixa. Quem fez a exigência foi o próprio Estêvão, que já estava servindo como uma espécie de procurador dos compradores. Seu Marcos pediu um mês de prazo, queria colher o milho e o feijão e precisava de calma para arranjar uma casa em condições na cidade. Estêvão respondeu que não estava autorizado a conceder tanto tempo, que uma semana era o máximo que podia dar. Quanto às plantações, Seu Marcos não se incomodasse, os compradores indenizariam o que ele pedisse; e se Seu Marcos tivesse dificuldade em encontrar casa, poderia mudar provisoriamente para a do próprio Estêvão, que ia para a chácara ajudar os compradores nas obras.

Todo mundo reprovou o procedimento dos compradores, e mais ainda o de Estêvão, que na qualidade de antigo proprietário e amigo poderia ter dito uma palavra em favor do velho Marcos; mas Estêvão era agora todo do outro lado, e nada mais se poderia esperar dele. Meu pai achou que não se devia dizer mais nada na frente de Estêvão, pois não seria de admirar que ele estivesse contratado para espião. Se quiséssemos nos organizar para a resistência, convinha não esquecer essa hipótese.

No mesmo dia que Seu Marcos, triste e ressentido, arriou seus pertences na casa desocupada por Estêvão, o caminhão de Geraldo Magela roncou na subida da ponte levando os estrangeiros na boleia e o carpinteiro Estêvão atrás, em cima da carga. Ao vê-los passar em nossa porta, meu pai virou o rosto, enojado; disse que nunca vira um espetáculo mais triste, um homem de bem como Estêvão, competente no seu ofício, largar tudo para acompanhar aquela gente como menino recadeiro.

Mas não deixou de ser alívio vê-los fora da cidade. Agora podíamos novamente frequentar a pensão de D. Elisa, conversar

20

com os hóspedes, saber quem chegava e quem saía, sem necessidade de falar baixo nem de nos esconder.

Durante muitos dias, quase um mês, não vimos aqueles dois nem tivemos notícias deles. Estêvão de vez em quando vinha à cidade, mas não sei se por influência dos patrões, ou se por vergonha, ou remorso, não conversava com ninguém; fazia o que tinha de fazer, ia ao correio apanhar a correspondência, sempre uns envelopes muito grandes, e voltava no mesmo dia. Nem passava mais por nossa porta, que seria o caminho natural; dava uma volta grande, passando pela rua de cima.

Outro que também sumiu foi Geraldo Magela, parece que agora estava trabalhando só para os estrangeiros. Quando íamos pescar bem em cima no rio, ou apanhar cajus no morro, podíamos ouvir o ronco do caminhão trabalhando do outro lado. Uma vez eu e Demoste saímos escondidos para apurar o que estava se passando na chácara, mas quando chegamos na crista do morro achamos melhor não continuar. Haviam levantado uma cerca de arame em volta da chácara, muito mais alta do que as cercas comuns, e de fios mais unidos, e vimos sentinelas armadas rondando. Ficamos de voltar outro dia levando a marmota do padre, mas nem isso chegamos a fazer porque soubemos que o André gaguinho, que andara apanhando lenha do outro lado, fora alvejado com um tiro de sal na popa.

Um dia correu a notícia de que o casal não estava mais na chácara, havia subido o rio à noite num barco a motor. Devia ser verdade, porque Geraldo Magela voltou a aparecer na cidade. Achamos que agora, com ele ali à disposição, íamos afinal saber o que se passava na chácara de Estêvão. Geraldo sempre fora amigo de todos, deixava a meninada subir no caminhão, trazia encomendas para todo mundo, e quando o padre organizava passeios para os alunos de catecismo, fazia questão de contratar Geraldo, não aceitava oferecimento de nenhum outro, nem que tivéssemos de esperar dias quando calhava de Geraldo estar viajando.

Mas não levamos muito tempo para descobrir que Geraldo também era agora do outro lado. Ele que fora trabalhador e prestativo, sempre preocupado em poupar a mãe — desde que comprara o caminhão exigiu que D. Ritinha deixasse de lavar rou-

pa para fora –, agora ficava horas no bilhar jogando ou bebendo cerveja e zombando dos peixotes. Quanto às obras que estavam sendo feitas na chácara, ele não dizia coisa com coisa. A meu pai ele disse que estavam apenas armando um pari, a outro disse que estavam instalando uma olaria. Quando Seu Marcos o interpelou com energia, ele deu uma resposta malcriada:
– Vocês esperem. Vocês esperem que não demora.
E ficou olhando para Seu Marcos e assoviando, uma coisa que se D. Ritinha visse haveria de chorar de desgosto.

Vendo-o ali bebendo, fazendo gracinhas, faltando ao respeito com os mais velhos, e dando cada hora uma resposta, achei que ele estava apenas querendo fazer-se de importante, de sabedor de coisas misteriosas, talvez pelo desejo de imitar os patrões. Foi essa também a opinião de Padre Santana quando soube da resposta de Geraldo a Seu Marcos.

Foi mais ou menos nessa época que D. Ritinha apareceu lá em casa para desabafar com mamãe. Começou rodeando, falando nas mudanças que estava havendo em toda parte, e entrou no capítulo do procedimento dos filhos quando crescem.

– Para muita gente, ter filhos resulta num castigo, D. Teresa – disse ela. – Os desgostos acabam sendo maiores do que as alegrias.

Vi que mamãe ficou embaraçada, com medo de dizer alguma coisa que pudesse magoar D. Ritinha. Por fim, disse vagamente:
– Os antigos diziam que filho criado, trabalho dobrado.
– Muito certo, D. Teresa. Veja o meu Geraldo. Um rapaz bem-criado, inveja de muitas mães; de repente, esquece tudo o que eu e o pai lhe ensinamos.

Mamãe procurou consolá-la dizendo que o procedimento de Geraldo deveria ser resultado de uma influência passageira. A culpa era daqueles dois, que deviam estar enfiando coisas na cabeça dele; quando ela menos esperasse, ele mesmo ia abrir os olhos e arrepender-se. D. Ritinha tivesse paciência e confiasse em Deus. Aí D. Ritinha caiu no choro, disse que a culpa era dela, que aconselhara a ir trabalhar para aquela gente. Ele não queria, mas ela insistira porque o ordenado era bom, até falara áspero com ele. Agora estava aí o resultado. De que adiantava o dinheiro sem a consideração do filho?

Quando mamãe começou a chorar também, eu fiquei meio encabulado e saí sem destino.

Ao passar pelo chafariz encontrei Geraldo divertindo-se com um gato que havia jogado dentro do tanque. O bichinho esgoelava e pelejava para sair, e cada vez que ia chegando à beirada Geraldo cercava e dava-lhe um papilote na orelha. Fiquei olhando, com medo de salvar o pobrezinho e ter de brigar com Geraldo. Mas quando o pobrezinho veio subindo no ponto onde eu estava, e Geraldo gritou para eu cercar, eu estendi o braço e apanhei-o pela nuca, como fazem as gatas. Pensei que Geraldo ia querer tomá-lo, mas ele apenas olhou e foi-se embora dando gargalhadas e imitando o miado do gato, parecia coisa de louco.

Geraldo sabia o que estava dizendo quando mandou Seu Marcos esperar, porque um belo dia chegaram os caminhões. Chegaram de madrugada, e eram tantos que nem pudemos contá-los. A nossa lavadeira, que morava no alto do cemitério, disse que desde as três da madrugada eles começaram a descer um atrás do outro de faróis acesos. Atravessaram a cidade sem parar, descendo cautelosamente as ladeiras, sacudindo as paredes das casas nas ruas estreitas, passaram a ponte e tomaram o caminho da chácara como uma enorme procissão de vaga-lumes.

Daí por diante não tivemos mais sossego. Desde que amanhecia até que anoitecia eram aqueles estrondos atrás do morro, tão fortes que chegavam a chacoalhar as panelas nas cozinhas apesar da distância, nas paredes não ficou um espelho inteiro. Mamãe vivia rezando e tomando calmante, não queria mais que eu fosse além da ponte em meus passeios. Achei que fosse receio exagerado dela, mas verifiquei depois que a proibição era geral, de todas as mães.

Geraldo andava ocupado novamente lá do outro lado, e quando aparecia na cidade era guiando uns caminhões enormes, de um tipo que ainda não tínhamos visto, e sempre com uns sujeitos esquisitos na boleia, uns homens muito altos e vermelhos, os braços muito cabeludos aparecendo por fora da manga curta da camisa. Ficavam olhando para tudo com olhos espantados, entortavam o pescoço até o último grau para olhar a gente quando o caminhão já ia lá adiante. Paravam no botequim ou no armazém e metiam caixas e mais caixas de cerveja para dentro do caminhão, latas grandes de bolachas, caixotes de cigarros. Uma vez levaram todo o sortimento de cigarros da praça e os fumantes tiveram que picar fumo e enrolar palha durante quase um mês.

Quando os caminhões paravam em alguma casa de comércio e nós fazíamos grupos de longe para olhar, Geraldo ficava na frente fazendo palhaçadas para nos provocar. Seu Marcos disse que ele havia perdido toda a compostura, e se não fosse por causa de D. Ritinha, era o caso de se dar uma surra nele.

E toda noite agora era aquele ruído tremido que vinha de trás do morro, parecia o ronronar de muitos gatos. Não dava para incomodar porque não era forte, mas assustava pela novidade. De dia não o ouvíamos, talvez por causa dos barulhos da cidade, mas quando batia a Ave-Maria, e todo mundo cessava o trabalho, lá vinha ele. Então a gente olhava para os lados da chácara e via um enorme clarão no céu, como o de uma queimada vista de longe, só que não tinha fumaça.

Mas a grande surpresa foi quando o Geraldo veio à cidade montado numa motocicleta vermelha. Não vinha mais de roupa cáqui de trabalho e botina de vaqueta, mas de parelho de casimira azul-marinho, sapatos de verniz e gravata. Parou no bilhar, cumprimentou todo mundo e convidou para tomarem cerveja. Uns aceitaram, outros ficaram de longe, ressabiados. Ele disse que não havia motivo para malquerenças, reconhecia que havia se excedido nas brincadeiras, mas não fizera nada com a intenção de ofender. Os tempos agora eram outros, acabaram-se as brincadeiras. Ele estava ali como amigo para dar uma notícia que devia contentar a todos. Aí os mais desconfiados foram se chegando também, Geraldo mandou uns dois ou três saírem na porta e convidarem quem mais encontrassem por perto. Num instante o salão estava cheio, quem estava jogando parou, havia gente até do lado de fora debruçada nas janelas.

Quando viu que não cabia mais ninguém, Geraldo subiu numa das mesas e comunicou que fora nomeado gerente da Companhia e que estava ali para contratar funcionários. Os ordenados eram muito bons, havia casa para todos, motocicletas para os homens, bicicletas para as crianças e máquinas de costura para as mulheres. Quem estivesse interessado aparecesse no dia seguinte ali mesmo para assinar a lista.

Como ninguém estava preparado para aquilo, ficaram todos ali apalermados, se entreolhando calados. Quando alguém se lembrou de pedir explicações sobre as atividades da Companhia, Geraldo já ia longe na motocicleta vermelha.

Após muita confabulação ali mesmo no bilhar, depois nas muitas rodas formadas nos pontos de conversa da cidade, e finalmente nas casas de cada um, muitos se apresentaram no dia seguinte, acredito que a maioria apenas para ter uma oportunidade de saber o que se passava na chácara. Já no segundo dia os caminhões vieram buscá-los, e foi a última vez que os vimos como amigos: quando começaram a aparecer novamente na cidade, ninguém os reconhecia mais. Entravam e saíam como foguetes, montados em suas motocicletas vermelhas, não paravam para falar com ninguém.

Essas máquinas eram uma verdadeira praga. Ninguém podia mais sair à rua sem a precaução de levar uma vara bem forte com um ferrão na ponta para se defender dos motociclistas, que pareciam se divertir atropelando pessoas distraídas. Nem os cachorros andavam mais em sossego, quase todos os dias a Intendência recolhia corpos de cachorros estraçalhados. E quanta gente morreu embaixo de roda de motocicleta! O caso que mais me impressionou foi o de D. Aurora. Um dia eu ia atravessando o largo com ela, carregando um cesto de ovos que ela havia comprado lá em casa para a festa do aniversário do padre, quando vimos dois motociclistas que vinham descendo emparelhados. Já sabendo como eles eram, D. Aurora atrapalhou-se, correu para a frente, depois quis recuar, e um deles separou-se do outro e veio direto em cima dela, jogando-a no chão, e trilhando-a pelo meio. Quando me abaixava para socorrê-la, ouvi as gargalhadas dos dois e o comentário do criminoso:

– Você viu? Estourou como papo de anjo.

D. Aurora morreu ali mesmo, e eu tive de voltar com o cesto de ovos para casa.

A impressão que se tinha era a de haver pessoas ocupadas unicamente em perturbar o nosso sossego, com que fim não sei.

Ainda bem não havíamos tomado fôlego de um susto, outro artifício era aplicado contra nós. Mas não havendo motivo para tanta perseguição, também podia ser que os responsáveis pelas nossas aflições nem estivessem pensando em nós, mas apenas cuidando de seu trabalho; nós é que estávamos atrapalhando, como um formigueiro que brota num caminho onde alguém tem que passar e não pode se desviar. Depois do estrago é que vinha a curiosidade de ver como é que estávamos resistindo.

Foi o que verificamos quando as nossas casas deram para pegar fogo sem nenhum motivo aparente. Primeiro era um aquecimento repentino, os moradores começavam a suar, todos os objetos de metal queimavam quem os tocasse, e do chão ia minando um fumaceiro com um chiado tão forte que até assoviava. Pessoas e bichos saíam desesperados para a rua engasgados com a fumaça, sem saberem exatamente o que estava acontecendo. Ouvia-se um estouro abafado, e num instante a casa era uma fogueira. Tudo acontecia tão depressa que em muitos casos os moradores não tinham tempo de fugir.

Depois de cada incêndio aparecia na cidade uma comissão de funcionários da Companhia, remexia nas cinzas, cheirava uma coisa e outra, tomava notas, recolhia fragmentos de material sapecado, com certeza para examiná-los em microscópios. Pelo destino dos moradores não mostravam o menor interesse. Para não perder tempo em casos de emergência, passamos a dormir vestidos e calçados.

Embora sem muita esperança, meu pai foi procurar o delegado para ver se conseguia dele uma providência contra a Companhia. O delegado estava assustado como coelho, piscava nervoso e repetia como falando sozinho:

– Uma providência. É preciso uma providência.

Meu pai quis saber que espécie de providência ele pensava tomar, e ele não saía daquilo:

– É, uma providência. É uma providência.

Meu pai sacudiu-o para ver se o acordava, ele agarrou meu pai pelo braço e disse desesperado, quase chorando:

– Eu estou de pés e mãos amarradas, Maneco. De pés e mãos amarradas. Que vida! quanta coisa!

Os espiões eram outra grande maçada. Não sei com que astúcia a Companhia conseguiu contratar gente do nosso meio para informá-la de nossos passos e de nossas conversas. O número de espiões cresceu tanto que não podíamos mais saber com quem estávamos falando, e o resultado foi que ficamos vivendo numa cidade de mudos, só falávamos de noite em nossas casas, com as portas e janelas bem fechadas, e assim mesmo em voz baixa.

Eu estava quase perdendo a esperança de voltarmos à vida antiga, e já não me lembrava mais com facilidade do sossego em que vivíamos, da cordialidade com que tratávamos nossos semelhantes, conhecidos e desconhecidos. Quando eu pensava no passado, que afinal não estava assim tão distante, tinha a impressão de haver avançado anos e anos, sentia-me velho e deslocado. Para onde nos estariam levando? Qual seria o nosso fim? Morreríamos todos queimados, como tantos parentes e conhecidos?

Passávamos os dias com o coração apertado, e as noites em sobressalto. Ninguém queria fazer mais nada, não valia a pena. As casas andavam cheias de goteiras, o mato invadia os quintais, entrava pelas janelas das cozinhas. Nos vãos do calçamento, que cada qual antigamente fazia questão de manter sempre limpo em frente a sua casa, arrancando a grama com um toco de faca e despejando cal nas fendas, agora cresciam tufos de capim. O muro do pombal desmoronou numa noite de chuva, ficaram os adobes na rua fazendo lama, quem queria passar rodeava ou pisava por cima, arregaçando as calças. Não valia a pena consertar nada, tudo já estava no fim.

Mas a esperança, por menor que seja, é uma grande força. Basta um fiapinho de nada para dar alma nova à gente. Eu estava remexendo um dia na tulha de feijão à procura de uma medalha que caíra do meu pescoço e encontrei umas caixas de papelão quadradinhas, escondidas bem no fundo. Abri uma e vi que estava cheia de cartuchos de dinamite. Guardei tudo depressa e não disse nada a ninguém nem deixei meu pai saber, porque não queria colocá-lo na triste situação de ter de prevenir-se contra mim. Tudo era possível naqueles dias.

Agora que nada mais há a fazer, arrependo-me de não ter falado abertamente e entrado na intimidade dos planos, se é que

27

havia algum. Hoje é que imagino a aflição que minha mãe deve ter passado na noite em que em vão esperamos meu pai para a ceia. Com uma indiferença que não me perdoo eu tomei a minha tigela de leite com beiju e fui dormir. Mamãe ficou acordada fiando, e quando tomei-lhe a bênção no dia seguinte notei que ela estava pálida e com os olhos vermelhos de quem não havia dormido. Não tenho muito jeito para consolar, fiquei remanchando em volta dela, bulindo numa coisa e noutra, irritando-a com o meu nervosismo inarticulado. Ela mandava-me sair, passear, fazer alguma coisa fora, mas eu tinha medo de deixá-la sozinha estando tão deprimida. Não me lembro de outro dia tão triste. Uma neblina cinzenta tinha baixado sobre a cidade, cobrindo tudo com aquele orvalho de cal. As galinhas empoleiradas nos muros, nos galhos baixos dos cafezeiros, ou encolhidas debaixo da escada do quintal, pareciam aguardar tristes notícias, ou lamentar por nós algum acontecimento que só elas sabiam por enquanto. Em frente a nossa janela de vez em quando passava uma pessoa, as mãos roxas de frio segurando o guarda-chuva, ou um menino em serviço de recado, protegendo-se com um saco de estopa na cabeça. E nos quintais molhados os sabiás não paravam de cantar.

Em dias de sol nós ainda podíamos resistir, podíamos olhar para os lados da usina e apertar os dentes com ódio, e assim mostrar que ainda não havíamos nos entregado; mas num dia molhado como aquele só nos restava o medo e o desânimo.

A notícia chegou antes do almoço. Uns roceiros que tinham vindo vender mantimentos na cidade encontraram o corpo na estrada, a barriga celada no meio pelas rodas de uma motocicleta.

Depois do enterro mamãe mandou-me esconder as caixas de dinamite num buraco bem fundo no quintal, vendeu tudo o que tínhamos, todas as galinhas, pelo preço de duas passagens de caminhão e no mesmo dia embarcamos sem dizer adeus a ninguém, levando só a roupa do corpo e um saquinho de matula, como dois mendigos.

OS CAVALINHOS DE PLATIPLANTO

O meu primeiro contato com essas simpáticas criaturinhas deu-se quando eu era muito criança. O meu avô Rubém havia me prometido um cavalinho de sua fazenda do Chove-Chuva se eu deixasse lancetarem o meu pé, arruinado com uma estrepada no brinquedo de pique. Por duas vezes o farmacêutico Osmúsio estivera lá em casa com sua caixa de ferrinhos para o serviço, mas eu fiz tamanho escarcéu que ele não chegou a passar da porta do quarto. Da segunda vez meu pai pediu a Seu Osmúsio que esperasse na varanda enquanto ele ia ter uma conversa comigo. Eu sabia bem que espécie de conversa seria; e aproveitando a vantagem da doença, mal ele caminhou para a cama eu comecei novamente a chorar e gritar, esperando atrair a simpatia de minha mãe e, se possível, também a de algum vizinho para reforçar. Por sorte vovô Rubém ia chegando justamente naquela hora. Quando vi a barba dele apontar na porta, compreendi que estava salvo pelo menos por aquela vez; era uma regra assentada lá em casa que ninguém devia contrariar vovô Rubém. Em todo caso chorei um pouco mais para consolidar minha vitória, e só sosseguei quando ele intimou meu pai a sair do quarto.

Vovô sentou-se na beira da cama, pôs o chapéu e a bengala ao meu lado e perguntou por que era que meu pai estava judiando comigo. Para impressioná-lo melhor eu disse que era porque eu não queria deixar Seu Osmúsio cortar o meu pé.

– Cortar fora?

Não era exatamente isso o que eu tinha querido dizer, mas achei eficaz confirmar; e por prudência não falei, apenas bati a cabeça.

– Mas que malvados! Então isso se faz? Deixe eu ver.
Vovô tirou os óculos, assentou-os no nariz e começou a fazer um exame demorado de meu pé. Olhou-o por cima, por baixo, de lado, apalpou-o e perguntou se doía. Naturalmente eu não ia dizer que não, e até ainda dei uns gemidos calculados.
Ele tirou os óculos, fez uma cara muito séria e disse:
– É exagero deles. Não é preciso cortar nada. Basta lancetar.
Ele deve ter notado o meu desapontamento, porque explicou depressa, fazendo cócega na sola do meu pé:
– Mas nessas coisas, mesmo sendo preciso, quem resolve é o dono da doença. Se você não disser que pode, eu não deixo ninguém mexer, nem o rei. Você não é mais desses menininhos de cueiro, que não têm querer. Na festa do Divino você já vai vestir um parelhinho de calça comprida que eu vou comprar, e vou lhe dar também um cavalinho pra você acompanhar a folia.
– Com arreio mexicano?
– Com arreio mexicano. Já encomendei ao Felipe. Mas tem uma coisa. Se você não ficar bom desse pé, não vai poder montar. Eu acho que o jeito é você mandar lancetar logo.
– E se doer?
– Doer? É capaz de doer um pouco, mas não chega aos pés da dor de cortar. Essa sim, é uma dor mantena. Uma vez no Chove-Chuva tivemos de cortar um dedo – só um dedo – de um vaqueiro que tinha apanhado panariz e ele urinou de dor. E era um homem forçoso, acostumado a derrubar boi pelo rabo.
Meu avô era um homem que sabia explicar tudo com clareza, sem ralhar e sem tirar a razão da gente. Foi ele mesmo que chamou Seu Osmúsio, mas deixou que eu desse a ordem. Naturalmente eu chorei um pouco, não de dor, porque antes ele jogou bastante de lança-perfume, mas de conveniência, porque se eu mostrasse que não estava sentindo nada eles podiam rir de mim depois.
Enquanto mamãe fazia os curativos eu só pensava no cavalinho que eu ia ganhar. Todos os dias quando acordava, a primeira coisa que eu fazia era olhar se o pé estava desinchando. Seria uma maçada se vovô chegasse com o cavalinho e eu ainda não pudes-

se montar. Mamãe dizia que eu não precisava ficar impaciente, a folia ainda estava longe, assim eu podia até atrasar a cura, mas eu queria tudo depressa.

Mas quando a gente é menino parece que as coisas nunca saem como a gente quer. Por isso é que eu acho que a gente nunca devia querer as coisas de frente por mais que quisesse, e fazer de conta que só queria mais ou menos. Foi de tanto querer o cavalinho, e querer com força, que eu nunca cheguei a tê-lo.

Meu avô adoeceu e teve de ser levado para longe para se tratar, quem levou foi tio Amâncio. Outro tio, o Torim, que sempre foi muito antipático, ficou tomando conta do Chove-Chuva. Tio Torim disse que, enquanto ele mandasse, de lá não saía cavalo nenhum pra mim. Eu quis escrever uma carta a vovô dando conta da ruindade, cheguei a rascunhar uma no caderno, mas mamãe disse que de jeito nenhum eu devia fazer isso; vovô estava muito doente e podia piorar com a notícia; quando ele voltasse bom ele mesmo me daria o cavalo sem precisar eu contar nada.

Quando eu voltava da escola e mamãe não precisava de mim, eu ficava sentado debaixo de uma mangueira no quintal e pensava no cavalinho, nos passeios que eu ia fazer com ele, e era tão bom que parecia que eu já era dono. Só faltava um nome bem assentado, mas era difícil arranjar, eu só lembrava de nomes muito batidos. Rex, Corta-Vento, Penacho. Padre Horácio quis ajudar, mas só vinha com nomes bonitos demais, tirados de livro, um que me lembro foi Pegaso. Isso deu discussão porque Seu Osmúsio, que também lia muito, disse que certo era Pégaso. Para não me envolver eu disse que não queria nome difícil.

Um dia eu fui no Jurupensem com meu pai e vi lá um menino alegrinho, com o cabelo caído na testa, direitinho como o de um poldro. Perguntei o nome dele ele disse que era Zibisco. Estipulei logo que o meu cavalinho ia se chamar Zibisco.

O tempo passava e vovô Rubém nada de voltar. De vez em quando chegava uma carta de tio Amâncio, papai e mamãe ficavam tristes, conversavam coisas de doença que eu não entendia, mamãe suspirava muito o dia inteiro. Um dia tio Torim foi visitar vovô e voltou dizendo que tinha comprado o Chove-Chuva. Papai

31

ficou indignado, discutiu com ele, disse que era maroteira, vovô Rubém não estava em condições de assinar papel, que ele ia contar o caso ao juiz. Desde esse dia tio Torim nunca mais foi lá em casa, quando vinha à cidade passava por longe.

Depois chegou outra carta, e eu vi mamãe chorando no quarto. Quando entrei lá com desculpa de procurar um brinquedo ela me chamou e disse que eu não ficasse triste, mas vovô não ia mais voltar. Perguntei se ele tinha morrido, ela disse que não, mas era como se tivesse. Perguntei se então a gente não ia poder vê-lo nunca mais, ela disse que podia, mas não convinha.

– Seu avô está muito mudado, meu filho. Nem parece o mesmo homem – e caiu no choro de novo.

Eu não entendia por que uma pessoa como meu avô Rubém podia mudar, mas fiquei com medo de perguntar mais; mas uma coisa eu entendi: o meu cavalinho, nunca mais. Foi a única vez que eu chorei por causa dele, não havia consolo que me distraísse.

Não sei se foi nesse dia mesmo, ou poucos dias depois, eu fui sozinho numa fazenda nova e muito imponente, de um senhor que tratavam de major. A gente chegava lá indo por uma ponte, mas não era ponte de atravessar, era de subir. Tinha uns homens trabalhando nela, miudinhos lá no alto, no meio de uma porçoeira de vigas de tábuas soltas. Eu subi até uma certa altura, mas desanimei quando olhei para cima e vi o tantão que faltava. Comecei a descer devagarinho para não falsear o pé, mas um dos homens me viu e pediu-me que o ajudasse. Era um serviço que eles precisavam acabar antes que o sol entrasse, porque se os buracos ficassem abertos de noite muita gente ia chorar lágrimas de sangue, não sei por que era assim, mas foi o que ele disse.

Fiquei com medo que isso acontecesse, mas não vi jeito nenhum de ajudar. Eu era muito pequeno, e só de olhar para cima perdia o fôlego. Eu disse isso ao homem, mas ele riu e respondeu que eu não estava com medo nenhum, eu estava era imitando os outros. E antes que eu falasse qualquer coisa ele pegou um balde cheio de pedrinhas e jogou para mim.

– Vai colocando essas pedrinhas nos lugares, uma depois da outra, sem olhar para cima nem para baixo, de repente você vê que acabou.

Fiz como ele mandou, só para mostrar que não era fácil como ele dizia – e era verdade! Antes que eu começasse a me cansar o serviço estava acabado.

Quando desci pelo outro lado e olhei a ponte enorme e firme, resistindo ao vento e à chuva, senti uma alegria que até me arrepiou. Meu desejo foi voltar para a casa e contar a todo mundo e trazê-los para verem o que eu tinha feito; mas logo achei que seria perder tempo, eles acabariam sabendo sem ser preciso eu dizer. Olhei a ponte mais uma vez e segui o meu caminho, sentindo-me capaz de fazer tudo o que eu bem quisesse.

Parece que eu estava com sorte naquele dia, senão eu não teria encontrado o menino que tinha medo de tocar bandolim. Ele estava tristinho encostado numa lobeira olhando o bandolim, parecia querer tocar mas nunca que começava.

– Por que você não toca? – perguntei.

– Eu queria, mas tenho medo.

– Medo do quê?

– Dos bichos-feras.

– Que bichos-feras?

– Aqueles que a gente vê quando toca. Eles vêm correndo, sopram um bafo quente na gente, ninguém aguenta.

– E se você tocasse de olhos fechados? Via também?

Ele prometeu experimentar, mas só se eu ficasse vigiando; eu disse que vigiava, mas ele disse que só começava depois que eu jurasse. Não vi mal nenhum, jurei. Ele fechou os olhinhos e começou a tocar uma toada tão bonita que parecia uma porção de estrelas caindo dentro da água e tingindo a água de todas as cores.

Por minha vontade eu ficava ouvindo aquele menino a vida inteira; mas estava ficando tarde e eu tinha ainda muito que andar. Expliquei isso a ele, disse adeus e fui andando.

– Não vai a pé não – disse ele. – Eu vou tocar uma toada pra levar você.

Colocou novamente o bandolim em posição, agora sem medo nenhum, e tirou uma música diferente, vivazinha, que me ergueu do chão e num instante me levou para o outro lado do morro. Quando a música parou eu baixei diante de uma cancela novinha, ainda cheirando a oficina de carpinteiro.

– Estão esperando você – disse um moço fardado que abriu a cancela. – O major já está nervoso.
O major – um senhor corado, de botas e chapéu grande – estava andando para lá e para cá na varanda. Quando me viu chegando, jogou o cigarro fora e correu para receber-me.
– Graças a Deus! – disse ele. – Como foi que você escapuliu deles? Vamos entrar.
– Ninguém estava me segurando – respondi.
– É o que você pensa. Então não sabe que os homens de Nestor Gurgel estão com ordem de pegar você vivo ou morto?
– Meu tio Torim? O que é que ele quer comigo?
– É por causa dos cavalos que seu avô encomendou para você. São animais raros, como não existe lá fora. Seu tio quer tomá-los.
Se meu tio queria tomar os cavalos, era capaz de tomar mesmo. Meu pai dizia que o tio Torim era treteiro desde menino. Pensei nisso e comecei a chorar.
O major riu e disse que não havia motivo para choro, os cavalos não podiam sair dali, ninguém tinha poder para tirá-los. Se alguém algum dia conseguisse levar um para outro lugar, ele virava mosquito e voltava voando.
Sendo assim eu quis ver esses cavalos fora do comum, experimentar se eram bons de sela. O major disse que eu não precisava me preocupar, eles faziam tudo o que o dono quisesse, disso não havia dúvida.
– Aliás – disse olhando o relógio – está na hora do banho deles. Venha pra você ver.
Descemos uma calçadinha de pedra-sabão muito escorreguenta e chegamos a um portãozinho enleado de trepadeiras. O major abriu o trinco e abaixou-se bem para passar. Eu achei que ele devia fazer um portão mais alto, mas não disse nada, só pensei, porque estava com pressa de ver os cavalos.
Passamos o portão e entramos num pátio parecido com largo de cavalhada, até arquibancadas tinha, só que no meio, em vez do gramado, tinha era uma piscina de ladrilhos de água muito limpa. Quando chegamos o pátio estava deserto, não se via cavalo nem gente. Escolhemos um lugar nas arquibancadas, o major olhou novamente o relógio e disse:

– Agora escute o sinal.
Um clarim tocou não sei onde e logo começou a aparecer gente saída de detrás de umas árvores baixinhas que cercavam todo o pátio. Num instante as arquibancadas estavam tomadas de mulheres com crianças no colo, damas de chapéus de pluma, senhores de cartolas e botina de pelica, meninos de golinhas de revirão, meninas de fita no cabelo e vestidinhos engomados. Quando cessaram os gritos, empurrões, choros de meninos, e todos se aquietaram em seus lugares, ouviu-se novo toque de clarim. A princípio nada aconteceu, e todo mundo ficou olhando para todos os lados, fazendo gestos de quem não sabe, levantando-se para ver melhor. De repente a assistência inteira soltou uma exclamação de surpresa, como se tivesse ensaiado antes. Meninos pulavam e gritavam, puxavam os braços de quem estivesse perto, as meninas levantavam-se e sentavam batendo palminhas. Do meio das árvores iam aparecendo cavalinhos de todas as cores, pouco maiores do que um bezerro pequeno, vinham empinadinhos marchando, de vez em quando olhavam uns para os outros como para comentar a bonita figura que estavam fazendo. Quando chegaram à beira da piscina estancaram todos ao mesmo tempo como soldados na parada. Depois um deles, um vermelhinho, empinou-se, rinchou e começou um trote dançado, que os outros imitaram, parando de vez em quando para fazer mesuras à assistência. O trote foi aumentando de velocidade, aumentando, aumentando, e daí a pouco a gente só via um risco colorido e ouvia um zumbido como de zorra. Isso durou algum tempo, eu até pensei que os cavalinhos tinham se sumido no ar para sempre, quando então o zumbido foi morrendo, as cores foram se separando, até os bichinhos aparecerem de novo.

O banho foi outro espetáculo que ninguém enjoava de ver. Os cavalinhos pulavam na água de ponta, de costas, davam cambalhotas, mergulhavam, deitavam-se de costas e esguichavam água pelas ventas fazendo repuxo.

Todo mundo ficou triste quando o clarim tocou mais uma vez e os cavalinhos cessaram as brincadeiras. O vermelhinho novamente tomou a frente e subiu para o lajeado da beira da piscina, seguido pelos outros, todos sacudiram os corpinhos para escorrer a água e ficaram brincando no sol para acabar de se enxugar.

Depois de tudo o que eu tinha visto achei que seria maldade escolher um deles só para mim. Como é que ele ia viver separado dos outros? Com quem ia brincar aquelas brincadeiras tão animadas? Eu disse isso ao major, e ele respondeu que eu não tinha que escolher, todos eram meus.

– Todos eles? – perguntei incrédulo.
– Todos. São ordens de seu avô.

Meu avô Rubém, sempre bom e amigo! Mesmo doente, fazendo tudo para me agradar.

Mas depois fiquei meio triste, porque me lembrei do que o major tinha dito – que ninguém podia tirá-los dali.

– É verdade – disse ele em confirmação, parece que adivinhando o meu pensamento. – Levar não pode. Eles só existem aqui em Platiplanto.

Devo ter caído no sono em algum lugar e não vi quando me levaram para casa. Só sei que de manhã acordei já na minha cama, não acreditei logo porque o meu pensamento ainda estava longe, mas aos poucos fui chegando. Era mesmo o meu quarto – a roupa da escola no prego atrás da porta, o quadro da santa na parede, os livros na estante de caixote que eu mesmo fiz, aliás precisava de pintura.

Pensei muito se devia contar aos outros, e acabei achando que não. Podiam não acreditar, e ainda rir de mim; e eu queria guardar aquele lugar perfeitinho como vi, para poder voltar lá quando quisesse, nem que fosse em pensamento.

FRONTEIRA

Eu era ainda muito criança, mas sabia uma infinidade de coisas que os adultos ignoravam. Sabia que não se deve responder aos cumprimentos dos glimerinos, aquela raça de anões que a gente encontra quando menos espera e que fazem tudo para nos distrair de nossa missão; sabia que nos lugares onde a mãe do ouro aparece à flor da terra não se deve abaixar nem para apertar os cordões dos sapatos, a cobiça está em toda parte e morde manso; sabia que ao ouvir passos atrás ninguém deve parar nem correr, mas manter a marcha normal, quem mostrar sinais de medo estará perdido na estrada.

A estrada é cheia de armadilhas, de alçapões, de mundéus perigosos, para não falar em desvios tentadores, mas eu podia percorrê-la na ida e na volta de olhos fechados sem cometer o mais leve deslize. Era por isso que eu não gostava de viajar acompanhado, a preocupação de salvar outros do desastre tirava-me o prazer da caminhada, mas desde criança eu era perseguido pela insistência dos que precisavam viajar e tinham medo do caminho, parecia que ninguém sabia dar uma passo sem ser orientado por mim, chegavam a fazer romaria lá em casa, aborreciam minha mãe com pedidos de interferência; e como eu não podia negar nada a minha mãe eu estava sempre na estrada acompanhando uns e outros. Mal chegava de uma viagem era informado de que fulano, ou sicrano, ou a viúva de trás da igreja, ou o ancião que perdera a filha afogada estava à minha espera para nova caminhada. E sempre tinham urgência, negócios inadiáveis a tratar em outros lugares, se eu não lhes fizesse esse favor estariam perdidos, desgraçados, ou desmoralizados. Como poderia eu recuar e dar-lhes as costas, como se não tivesse nada a ver com os problemas deles? A responsabilidade seria muito grande para meus ombros infantis.

Minha mãe preparava a minha matula, dizia "coitado de meu filho, não tem descanso", beijava-me na testa e lá ia eu a percorrer de novo a mesma estrada, como se eu fosse um burro cativo, levando às vezes gente que eu nem conhecia, e cujos negócios me eram remotos ou estranhos.

Minha única esperança de liberdade era crescer depressa para ser como os adultos, completamente incapazes de irem sozinhos daqui ali; mas quando eu baixava os olhos para olhar o meu corpo de menino, e via o quanto eu ainda estava perto do chão, vinha-me um desânimo, um desejo maligno de adoecer e morrer e deixar os adultos entregues ao seu destino. Eu nunca soube há quanto tempo estava naquela vida, nem tinha lembrança de haver conhecido outra. Teria eu nascido com alpercatas nos pés e trouxinha às costas? Era difícil dizer que não, embora a hipótese parecesse inconcebível.

Se eu me queixava a outras pessoas, elas faziam um ar compungido, engrolavam qualquer coisa para dizer que cada um tem que aceitar o seu destino, e eu compreendia que eles também estavam me reservando para quando precisassem de mim; outros presenteavam-me com garruchinhas de espoleta, automoveizinhos de corda, quando não um par de botinas novas. Tudo o que eles queriam de mim era resignação e presteza. Naturalmente eu podia acabar com aquilo a qualquer hora, mas – e a responsabilidade?

Mas não se pense que as minhas caminhadas para lá e para cá fossem uma rotina desinteressante; nada disso. Raro era o dia em que eu não aprendia alguma coisa nova, e embora a descoberta só tivesse utilidade na estrada, eu a recolhia para utilização futura, ou para ampliação de meus conhecimentos. Foi ao abaixar-me num córrego para beber água que fiz uma descoberta a meu ver muito importante: descobri que, quando se derruba uma moeda em água corrente, não se deve pensar em recuperá-la. Quem tentar fazê-lo poderá ficar o resto da vida à beira da água retirando moedas. É como se a pessoa "sangrasse" a areia do fundo da água e depois não conseguisse estancar o jorro de moedas.

Talvez eu não devesse ter contado isso a meu pai, pois não era difícil prever o que aconteceria. Ele riu em minha cara, e chamou-me fantasista. Como eu insistisse, ofendido, ele reptou--me a prová-lo. Ainda aí eu poderia ter desconversado, mas não: aceitei o desafio, como se tratasse de um ponto de honra. Levei-o à beira de um córrego, mandei-o soltar uma moeda na água – e só à força conseguimos tirá-lo de lá dias depois; e para impedi-lo de voltar, tivemos de interná-lo. Disseram que a culpa foi minha, mas não consigo sentir-me culpado.

Depois disso notei que as pessoas passaram a me evitar. A princípio pensei que estivessem sendo gentis, tivessem decidido dar-me afinal um descanso, depois de tantos anos de trabalho pesado; mas depois verifiquei que a situação era mais séria, nem na rua conversavam comigo, os poucos que eu conseguia deter estavam sempre apressados, davam uma desculpa e se afastavam sem nem olhar para trás.

De repente ocorreu-me um pensamento medonho: será que minha mãe também pensava e sentia como os outros? Nesse caso, que martírio não seria a sua vida, preocupada todo o tempo em esconder de mim os seus sentimentos! Alarmado com essa possibilidade, eu a observei durante dias, escutei-a no sono, tentando surpreender uma palavra, um gesto, qualquer coisa que me denunciasse o seu estado de espírito. Às vezes me parecia que o meu medo estava confirmado, mas no minuto seguinte eu estava novamente em dúvida. A única maneira de esclarecer tudo era naturalmente abrir-me com ela. Mas logo que comecei a expor-lhe o meu caso percebi o erro que havia cometido. Estava eu certo de querer a verdade, e não a compaixão de minha mãe? Qual seria nesse caso o papel de uma boa mãe – dar-me o que eu queria ou o que eu temia? Que direito tinha eu de forçá-la a uma decisão dessa ordem?

Quando acabei de falar ela abraçou-me chorando e só conseguia dizer: "Meu filho, meu filho tão infeliz!".

Qual seria o sentido dessa frase aparentemente tão clara? Seria pena pela minha sorte de guia forçado, pela minha capacidade de amedrontar os outros – ou estaria ela pensando na minha sina de amedrontador da própria mãe? Chorei também, mas depois percebi que eu não tinha motivo nenhum para chorar, eu estava chorando mais por formalidade, porque o que havia eu feito para estar naquela situação? Que culpa tinha eu da minha vida? Enxuguei as lágrimas e senti-me como se tivesse acabado de subir ao alto de uma grande montanha, de onde eu podia ver embaixo o menino de calça curta que eu havia deixado de ser, emaranhado em seus ridículos problemas infantis, pelos quais eu não sentia mais o menor interesse. Voltei-lhe as costas sem nenhum pesar e desci pelo outro lado assoviando e esfregando as mãos de contente.

TIA ZI REZANDO

O frio que eu sentia no peito e nos pés deixava-me confuso e apreensivo. Eu sabia que estava deitado, mas não sabia onde. Tanta coisa havia acontecido nas últimas horas, e eu ainda não estava preparado para tomar meu rumo. Só uma coisa eu sabia: eu não podia voltar para casa. Tinha havido um incêndio, eu vi a casa pegar fogo, ouvi os gritos medonhos de Lázio, com certeza preso nas ripas do telhado desabado. Corri para lá, mas quando passei o portão o calor era tão forte que não pude chegar mais perto. Gritei por Lázio, mas só um gemido rascante como ronco de porco sangrado vinha da casa. Rodeei pelos fundos para ver se havia alguma possibilidade de salvá-lo, e vi meu tio Firmino correndo e tossindo e tapando a boca e o nariz com a ponta do cachecol. Chamei-o forte e ele continuou correndo até sumir-se atrás de uma moita de bananeiras. Corri atrás dele, ainda chamando-o, e ouvi um tiro disparado na minha direção. Gritei que não atirasse, que era eu, e ele deu mais um tiro. Ele deve estar louco, pensei, e virei para trás disparado, saltei a cerca de taquara em frente à casa, sem perder tempo em procurar o portão, e notei que alguém corria atrás de mim, ainda atirando. A noite estava escura, o clarão do incêndio tinha ficado para trás. Continuei correndo e saltando buracos, ou as manchas escuras do terreno que eu tomava por buracos. Ouvi um último tiro, um beliscão quente na orelha, e caí de bruços.

    Agora aquele frio no corpo e o medo de descobrir que estava em alguma situação sem remédio. Fiquei quieto por um instante, para me certificar de que estava sozinho, pois seria desesperador abrir os olhos e ver-me cercado por um grupo de inimigos mal-

41

-encarados. Primeiro tomei conhecimento dos grilos tinindo em volta de mim, e tiniam tão alto que tive vontade de gritar para ver se os silenciava. Uma coisa é a gente debruçar-se à noite no parapeito de uma ponte, não longe das luzes da cidade, e escutar os grilos crilando embaixo; mas estar no nível deles, em lugar que não se sabe que ponto ocupa no mapa, e sem saber o que é que vai acontecer no minuto seguinte, é coisa bem diferente. Só não gritei porque tive medo das consequências. Apertei o rosto no chão com força e descobri que estava chorando, não alto, mas baixinho, como criança doente.

Não sei quanto tempo estive nessa posição, mas quando pude novamente assuntar em volta ouvi um cachorro latindo longe, os latidos vinham amaciados pela distância. Contra o que estaria ele protestando? Quem lhe faria justiça neste mundo escuro? Agradeci àquele cachorro desconhecido por estar vivo naquele momento, e voltei a pensar em mim mesmo, talvez por alguma secreta associação de ideias.

Firmei-me nas mãos para ver se conseguia levantar o corpo, pelo menos o tronco, e notei que estava deitado sobre lama. A lama, que imaginei preta e lodosa, espirrou fria entre os meus dedos. Limpei o rosto no ombro, de um lado e do outro, e senti os grãos de terra riscando-me a pele. A orelha ainda doía uma dor fina, mas não a palpei, com medo de não encontrá-la no lugar e também de contaminar o ferimento.

Levantei-me com dificuldade, primeiro ajoelhando na lama barrenta, depois erguendo-me nas pernas, o que fiz em várias tentativas porque o chão embaixo escorregava, devia haver uma inclinação no terreno e não encontrei nada perto para segurar, umas canas de capim que agarrei arrebentaram-se em minha mão. Eu não sabia para que lado caminhar, tudo parecia dar no mesmo, resolvi seguir no rumo de onde tinha vindo o latido do cachorro agora calado, com certeza coçando pulga ou dormindo em alguma cozinha de terra batida. Mas supondo que eu chegasse a esse rancho isolado, de onde não vinha mais nenhuma luz, que iria eu dizer ao morador? Não obstante, continuei caminhando no escuro.

Eu não podia entender a hostilidade de meu tio, sabendo embora que ele não era de rir à toa para mim. Por que estaria ele tão raivoso? Que estaria ele fazendo na casa de Lázio àquela hora da noite? E o incêndio? Era certo que ele não gostava de Lázio, estava sempre criticando-o, ou mostrando má vontade com ele, como se não bastasse ao pobre homem o fardo de sua manqueira; mas tocar fogo na casa sabendo que ele não poderia correr, era uma maldade muito grande, mesmo para meu tio Firmino. Veio-me uma aflição repentina de ir para casa discutir o assunto com tia Zi. Embora reservada e comedida no falar, ela devia ter alguma coisa a dizer, e manejando-a como aprendi eu poderia tomar uma frase aqui, uma palavra ali e assim ter alguma ideia do que estava se passando com meu tio. Lembrei-me que alguns dias antes, estando eu deitado e fingindo dormir, eu os ouvi discutindo no quarto, mas falavam baixo e a porta estava fechada. Parece que tia Zi disse que era cedo ainda para contarem a verdade, tio Firmino falou em idade para malcriação e idade não sei para mais o quê. Eu sabia que o assunto era comigo mas não pude ouvir mais, tia Zi suspirou, tio Firmino deu corda no relógio com jeito de quem está com raiva, apagaram a luz e as correias da cama rangeram. No dia seguinte eu provoquei minha tia de todo jeito, volta e meia eu falava em idade, mas a julgar pelo alheamento que ela manteve podia-se jurar que ela não estava escondendo nada de mim.

Havia uma porção de coisas que eu não entendia, por mais que as revirasse na cabeça. A reviravolta de meu tio na minha amizade com Lázio era uma delas. Quando eu era menor, e Lázio sofria de fraqueza do juízo, e passava o dia resmungando sozinho, ou brigando com uns e com outros, e só era calmo e alegre comigo, tio Firmino nunca censurou minha amizade com Lázio; mas quando Lázio voltou da temporada que passou fora e não quis mais brigar com ninguém, até conversava concatenado, e montou a oficina de latoeiro no largo numa casa que era de meu tio, e eu passava as tardes conversando com ele e ajudando-o a polir os bules e pichorras que ele fazia para vender aos roceiros, aí tio Firmino deu para censurar, jogar indiretas e por fim proibir que eu passasse tanto tempo com Lázio. Como eu gostava de Lázio e conversava com ele com mais desembaraço do que com meu tio e até minha tia, nem pensei em acatar a proibição. Se meu tio estava em

43

casa eu pegava um livro ou a lousa para fingir que ia estudar, ou pegava a vassoura e o carrinho para dizer que ia limpar o quintal; mas logo que desconfiava que meu tio tinha saído – ele não era homem de ficar muito tempo em casa – eu disfarçava, apanhava o boné e me escapulia. Nisso eu contava com a cumplicidade pelo menos passiva de minha tia. Tenho certeza que ela percebia tudo, mas nunca disse uma palavra de advertência a mim nem de denúncia a meu tio. Ela era fraca de vontade, mas enredeira não era. Uma vez, quando eu ia saindo quase correndo para a oficina de Lázio, nem tinha ainda posto o boné, estava com ele diante dos olhos, esbarrei em tio Firmino que vinha entrando inesperado. Ele segurou-me pelos braços, sacudiu-me e disse:
– Já vai para ajudância? É só eu virar as costas, hein?
Fiquei tão assustado que não me lembrei de nada para dizer. Mas felizmente tia Zi vinha atrás e salvou-me dizendo que eu ia comprar um carretel de linha para ela; e para evitar qualquer confusão de minha parte, acrescentou como se fosse verdade:
– Não esqueça: é número 40. Diz a Seu Zeca que eu pago depois.
Tio Firmino deu-me o dinheiro de má vontade, censurou tia Zi por comprar fiado e gritou para mim:
– Um pé lá e outro cá, hein? Vou ficar esperando o senhor.
Outra coisa difícil de calcular eram as variações de meu tio. Eu nunca sabia quando ele ia ser bom para mim ou ia me bater. Ele era tão esquisito comigo que eu desisti de entendê-lo, aceitava seus agrados repentinos com desconfiança e procurava ficar longe dele o mais que podia. Tia Zi disse que eu não devia fugir dele nem pensar nele com raiva, mas ser paciente com ele porque ele tinha uma vida muito atribulada. Mas como poderia eu descansar perto de tio Firmino, se pelo menor motivo ele mudava de gênio e gritava comigo? Até hoje não sei por que ele avançou para me bater, brigou com tia Zi quando ela não deixou, esbandalhou a cadeira no chão e saiu sem acabar de jantar só porque tia Zi disse que eu parecia com ele. Quando ela disse isso numa conversa à toa ele soltou o garfo no prato, pôs as duas mãos na mesa e perguntou, já com o nariz arreganhado:
– Como foi que você disse? Que ele parece comigo?

Tia Zi ficou tão passada que até perdeu a fala, eu vi o pescoço dela inchar e a boca amolecer. E quando ela quis se desculpar, apenas confirmou o que havia dito:

– Então não parece, Firmino? Não é só eu que acho; todo mundo acha.

– É? Pois eu vou ensinar esse maroto a parecer comigo – gritou ele, levantando e já esticando a mão para me agarrar.

No dia seguinte ele veio com um brinquedo que sabia que eu queria, um daqueles cineminhas que a gente enfia um cartão por baixo de um vidro cheio de riscos e vê uma porção de figuras se mexendo. Aceitei o presente mas não achei jeito de sorrir quando agradeci.

Eu gostava de conversar com Lázio porque ele contava histórias de meu pai, disse que trabalhou para ele muito tempo. Perguntei quando foi, porque não me lembrava, ele disse que foi quando eu estava ainda no calcanhar de meu pai, querendo dizer que eu ainda não era nascido. Perguntei por que ele tinha deixado de trabalhar para meu pai, ele suspirou e respondeu:

– Enredo. Muito enredo.

Eu quis saber que enredo, e de quem, mas do jeito que ele pegou a bater uma chapa de folha na banca eu vi que ele não queria falar mais no assunto. Depois, quando eu estava catando feijão com tia Zi, e ela estava muito alegre e conversadeira, eu puxei a conversa para esse assunto de Lázio com meu pai. Ela me olhou muito assustada, apurou o ouvido para ver se tio Firmino não vinha chegando, e disse em voz baixa:

– Pelo amor de Deus, não deixe seu tio saber que você conversou esse assunto com Lázio.

Daí por diante ela ficou pensativa e triste e não quis mais conversar, e eu compreendi que seria inútil querer saber mais.

Com essas coisas a vida estava ficando muito complicada para mim. Eu sabia que devia ser agradecido a meus tios pelo que eles faziam por mim, criavam-me como filho desde pequeno e eu não queria ser ingrato nem dar desgosto; mas era difícil saber o que devia fazer, quando pensava que ia agradar desagradava.

Uma vez Lázio pediu-me para levar um amarrilho de bules e chocolateiras para a venda de Seu Bailão, era um manojo enorme e eu não queria ir pela rua com aquela lataria sacudindo e batendo. Eu disse que levava mas acabei não levando, na esperança de que ele mesmo levasse ou arranjasse outra pessoa. Quando nos encontramos depois disso ele estava muito zangado, começou a me criticar e maltratar. Eu fui ficando envergonhado, da vergonha passei à raiva e não tendo razão respondi bruto. Ele disse que eu era imprestável, que de amizade assim ele não precisava, e eu saí pela porta afora.

Quando tia Zi soube que eu não estava indo à oficina de Lázio ela quis saber por que era. Contei a briga e ela ficou tão mortificada que parecia que era com ela. Depois começou a falar rodeado, como quem quer dizer uma coisa e não acha jeito, falava e repisava, e de tudo o que ela disse eu só pude entender foi que eu não devia brigar com Lázio de jeito nenhum, mesmo que ele zangasse comigo. Queria que eu fosse ver Lázio e pedir desculpa. Achei isso muito esquisito, porque tio Firmino era o primeiro a implicar com Lázio, e do jeito que ele falava na mesa quase todo dia parecia que ele não queria que eu fosse amigo de Lázio. Foi justamente por implicância com Lázio, e acho que também para eu não ir tanto à oficina, que meu tio ficou de picuinha com ele até ele se mudar da casa do largo. Perguntei a tia Zi por que ela achava tão importante eu não brigar com Lázio e ela respondeu que um dia eu ia saber.

– Se eu vou saber um dia, por que a senhora não me diz logo? – perguntei.

– Por enquanto ainda é cedo. Quando chegar o dia espero não estar mais neste mundo – ela respondeu.

A vida para mim era rodeada de complicações.

Lázio não gostava de falar em meu tio Firmino. Toda vez que eu contava alguma coisa em que entrava o nome de meu tio, ele ficava calado ou falava em outra coisa, isso era sempre. Mas um dia ele disse abertamente que se meu tio algum dia falasse alguma coisa contra a memória de minha mãe eu não devia acreditar, era tudo mentira. Foi só o que ele disse, por mais que eu insistisse por uma explicação. E isso devia ser importante também, porque ele disse que há muito tempo queria me avisar, e tinha medo que morresse antes.

Depois que Lázio se mudou para o rancho eu passava dias sem vê-lo, o rancho era longe e eu não podia estar arranjando desculpa para passar tanto tempo fora de casa todo dia, principalmente quando meu tio parecia estar me vigiando mais do que nunca. Só quando eu sabia que ele tinha saído para demorar é que eu dava uma escapulida ligeira. Tia Zi estava vendo tudo, mas eu sabia que ela não ia contar.

Quando eu soube que os dois tinham brigado no mercado, e que tio Firmino tinha dado uma cabrestada em Lázio, mesmo sabendo que ele era fraco e doente, nem podia se firmar direito numa das pernas, e que Lázio apenas disse que um dia perdia a cabeça e contava tudo – o que aumentou ainda mais a fúria de meu tio, sendo preciso várias pessoas o agarrarem para ele não machucar Lázio – fiquei aflito para ir ao rancho conversar com Lázio. Mas com meu tio em casa, resmungando e batendo com as coisas, quem disse que eu tinha coragem? Só depois de escurecer, quando meu tio disse que ia jogar sete e meio para se distrair, foi que eu pude sair também. Tia Zi queria que eu deixasse para o outro dia, mas eu disse que não podia esperar. Ela então recomendou que eu tivesse muito cuidado e não demorasse.

Agora ela devia estar diante do oratório rezando, se não estivesse sendo apertada por tio Firmino para dar conta de mim, embora ele já soubesse muito bem. Eu queria estar lá para defendê-la – afinal ela sempre me defendeu, embora escondido –, mas por enquanto ela vai ter que contar apenas com suas orações. Vou ter que passar algum tempo fora de casa até ver em que pé ficaram as coisas. Até lá eu já cresci e então posso olhar tio Firmino de frente, sem medo nem desorientação, e conversar qualquer assunto sem baixar os olhos nem tremer a voz.

PROFESSOR PULQUÉRIO

Quando eu era menino e morava numa vila do interior, assisti a um episódio bastante estranho, envolvendo um professor e sua família. Embora sejam passados muitos anos, tenho ainda vivos na memória os detalhes do acontecimento, ou pelo menos aqueles que mais me impressionaram; e como ninguém mais que viveu ali naquele período parece se lembrar, muitos chegando mesmo a duvidar que tais coisas tenham acontecido – a própria filha do professor, que eu vi aflita correndo de um lado para o outro chorando e pedindo socorro, quando eu lhe falei no assunto há uns dois ou três anos olhou-me espantada e jurou que não se lembrava de nada – resolvi pôr por escrito tudo o que ainda me lembro, antes que a minha memória também comece a falhar. Se o meu testemunho cair um dia nas mãos de algum investigador pachorrento, é possível que aquela ocorrência já tão antiga e, pelo que vejo, também completamente esquecida, exceto por mim, seja afinal desenterrada, debatida e esclarecida.

    Naturalmente minhas esperanças são muito precárias; conto apenas com a colaboração do acaso e, como sabemos, se a história é rica de triunfos devidos unicamente ao acaso, também está cheia de derrotas só explicáveis pela interferência desse fator imprevisível. Assim, vou fazer como o viajante que encontra um pássaro ferido na estrada, coloca-o em cima de um toco e segue o seu caminho. Se o pássaro aprumar e voar de novo, estará salvo – embora o viajante não esteja ali para ver: se morrer, já estava de qualquer forma condenado.

    Esse professor de quem falo era um homem magro e triste, morava em uma casa de arrabalde de chão batido. Fora professor em outros tempos, antes da criação do grupo escolar servido por normalistas. Para sustentar a mulher e os vários filhos ele não apalpava serviços: vendia frangos e ovos, trançava rédeas de sedenho, cobrava contas encruadas, procurava animais desaparecidos, e vez por outra matava um porco ou retalhava uma vaca. Vendo-o desdobrar-se em tantas e tão variadas atividades, era difícil compreender como ele ainda conseguia tempo para escrever artigos históricos para o jornalzinho de Pouso de Serra Acima, localidade a doze léguas de nossa vila para o sul. A bem da verdade devo dizer que seus artigos nunca davam o que falar. Sabia-se vagamente que ele escrevia, mas pouca gente se dava ao trabalho de ver o que era. Também nunca se incomodou com a indiferença do público, nem nunca deixou de mandar a sua colaboração sempre que um assunto o entusiasmava. Pulquério se chamava esse homem esforçado.

De vez em quando eu encontrava um número do jornalzinho de Serra Acima rolando lá por casa, mas confesso que nunca li um artigo do professor Pulquério até o fim; achava-os maçantes, cheios de datas e nomes de padres, parece que a fonte principal de sua erudição eram as monografias de um frei Santiago de Alarcón, dominicano que estudara a história de nosso Estado e publicara seus trabalhos numa tipografia de Toledo. Meu pai guardava alguns desses folhetos, que me lembro de ter manuseado sem grande interesse.

Não obstante a falta de interesse por seus artigos, professor Pulquério ficou sendo o consultor histórico da vila. Sempre que alguém queria saber a origem de um prédio, de uma estrada velha, de uma família, era só consultá-lo que dificilmente ficaria na ignorância. Eu mesmo, que nunca me interessei por esses assuntos, sentia-me descansado ao pensar que sempre o teria ali à mão caso houvesse necessidade. E sem lhe dar muita atenção, por causa de sua prolixidade e de sua lentidão no falar, eu o tratava com deferência para não correr o risco de ser repelido quando precisasse dele. Quando o encontrava na rua, ou no armazém do meu tio Lucílio, eu perguntava pela família, ou pelos negócios, e evitava falar em história, porque se cometesse a imprudência de falar em seu assunto favorito teria que perder muito tempo ouvindo uma longa explicação naquela voz preguiçosa.

49

Um dia ele estragou o meu truque perguntando-me de chofre, logo após os cumprimentos habituais, se eu conhecia a história do tesouro do austríaco. Era preciso muita tática para responder. Se eu dissesse que conhecia, pensando abreviar a conversa, o tiro poderia sair pela culatra; ele haveria de querer comparar os meus dados com os dele, e a minha ignorância denunciaria a minha intenção; se dissesse que não conhecia, teria que ouvi-la do princípio ao fim, com todos os afluentes.

– Vejo que não sabe – disse ele. – Aliás não é de admirar, porque a mocidade de hoje não perde tempo com o passado. Mas não pense que eu estou censurando. É um fenômeno facilmente constatável, aqui e em toda parte. As causas são inúmeras. Em primeiro lugar...

Nesse ponto ele deve ter notado algum sinal de impaciência em mim, porque deteve-se e desculpou-se:

– Desculpe a minha divagação. Eu queria falar do tesouro do austríaco e já ia me enfiando por outro caminho. Se você quiser ouvir a história vamos ali ao armazém de seu tio. É assunto fascinante para um jovem. Quem sabe você não se anima a ir buscar o tesouro? Ficaria rico para o resto da vida!

Sentado num saco de feijão no fundo do armazém, o professor Pulquério falou-me de um tesouro incalculável que estaria enterrado na crista de um dos nossos morros. Eram sacos e mais sacos de ouro enterrados na própria mina por um engenheiro austríaco que a explorava secretamente. O filão era tão rico que ele mandara chamar um filho na Áustria para ajudá-lo. Quando o rapaz chegou, anos depois devido às dificuldades de comunicação, e surgiu de repente em cima do barranco, o pai matou-o com um tiro julgando tratar-se de algum assaltante. Verificado o engano, o engenheiro resolveu dar ao filho o túmulo mais rico do mundo: enterrou-o na mina com todo o ouro já extraído e deixou um roteiro propositalmente complicado. O professor conseguira o roteiro e agora procurava localizar a mina. Impressionava-o a frase final do roteiro, depois de muitos circunlóquios e pistas falsas: "Chegando nessas alturas, procure da cinta para a cabeça que encontrará ouro grosso e riqueza nunca vista".

Mas ninguém deve supor que o professor Pulquério fosse um homem ambicioso. Ele não queria ficar com todo o tesouro, estava pronto a dividi-lo com quantos quisessem participar da busca, e até achava que quanto mais gente melhor. Existiria mesmo o tal tesouro? Parece que o povo não estava acreditando muito. A nossa febre de ouro havia passado, deixando todos com a sensação de logro. Quase não havia na vila e imediações um curral velho, um pedaço de alicerce, um moirão de aroeira no meio de um pátio, que não tivesse sido tomado como apelo mudo de um tesouro. Cavoucado o lugar e revolvida a terra, o único resultado positivo eram os calos nas mãos do cavouqueiro. O povo andava muito desinteressado de tesouros quando o professor apareceu com o seu roteiro.

A mania do tesouro poderia ter passado com o tempo, sem gerar transtorno, se a linguagem enigmática do roteiro não tivesse fascinado o professor. Ele passava tardes ou manhãs inteiras no armazém de meu tio, atrapalhando o serviço e os fregueses, revolvendo mentalmente o roteiro, procurando penetrar no sentido oculto das frases, descuidando de suas obrigações. Muitas vezes a mulher precisava mandar um dos meninos buscá-lo para atender a algum negócio que não podia esperar, ou pedir dinheiro para alguma despesa urgente. Mas devo dizer que o professor era muito delicado com os filhos, nunca se irritava quando era interrompido em suas meditações, e até pedia a meu tio que fornecesse umas balas ao garoto para pagar depois.

Enquanto ele se limitou a falar no roteiro e nas investigações que estava fazendo para localizar a mina, não tínhamos motivo de queixa. Era uma nova mania inofensiva, até servia para desviar-lhe a cabeça de seus problemas domésticos. Gostávamos de vê-lo fazer cálculos sobre o número de sacos de ouro que devia haver na mina, tomando por base o tempo que o austríaco trabalhou sozinho, a quantidade de cascalho que um homem pode batear em um dia, e o teor de ouro que devia haver em cada bateada. Depois vinham os cálculos do número de pessoas que seria necessário para desenterrar o tesouro no menor prazo possível, a quantidade e o tipo de ferramenta, por fim o número de burros para transportar a carga morro abaixo. O professor tinha tudo muito bem calculado.

51

Ele queria que todos os habitantes da vila, ou o maior número possível, contribuíssem para as despesas, e o tesouro seria repartido proporcionalmente às contribuições, depois de deduzida uma porcentagem para ele como organizador dos trabalhos. Embora todos achassem o esquema razoável, as contribuições nunca se materializavam. Uns diziam que esperasse mais para diante, outros que estavam aguardando um pagamento, outros que iam pensar. Seria por descrença no êxito da expedição, ou dúvida quanto à honestidade do professor? Parece que ele optou pela segunda hipótese, e naturalmente sentiu-se muito ofendido. E como já estávamos cansados de ouvi-lo, sempre arranjávamos uma desculpa para fugir dele, muitos nem iam mais ao armazém para não encontrá-lo.

Depois de inúmeras tentativas de explicar a um e outro a lisura de seu projeto, o professor resolveu fazê-lo por escrito com um memorial em quatro folhas abertas de papel almaço – "Aos Cidadãos Honestos desta Vila" – pregadas na porta da Cadeia.

Não creio que muitas pessoas tenham lido o memorial. Tentei lê-lo por mera curiosidade, e também por uma espécie de reparação ao professor; mas quando cheguei ao fim da primeira banda, e vi que faltavam sete, numa letra fina e sem parágrafos, resolvi fazer uma cruz a lápis no ponto onde havia parado e deixar o resto para ler depois. Mas esse dia nunca chegou, porque a meninada estragou o memorial, fazendo garatujas a carvão por cima do escrito e mesmo rasgando o papel em vários pontos. Foi outro golpe para o professor, que cismou que o vandalismo infantil tinha sido dirigido pelos pais.

Não obtendo atenção entre os particulares, o professor tentou interessar a Intendência – mas também aí não foi feliz. Parece que uma praga muito forte condenava o tesouro a jamais sair da crista do morro. Sendo homem sem delicadeza, mais afeito a lidar com animais do que com gente – uma vez entortou com um murro o pescoço de uma égua que o mordera na hora de apertar a barrigueira – o intendente nem quis ouvir a proposta, e riu na cara do professor na frente de outras pessoas. Dizem que o professor saiu da Intendência com lágrimas nos olhos, o que não seria de estranhar em um homem do seu temperamento.

Dava pena vê-lo nas ruas, cada vez mais magro, trancado em si mesmo, sem ter com quem conversar. Eu achei que estávamos sendo maldosos demais com ele, e pensei em fazer alguma coisa senão para ajudá-lo ao menos para distraí-lo. Foi então que eu vi o quanto a nossa indiferença o havia afetado. Quando tentei falar com ele na rua ele lançou-me um olhar ressentido e continuou o seu caminho. Não me sentindo isento de culpa, resolvi engolir o orgulho e procurá-lo em sua casa à noite.
  Atendeu-me a mulher, D. Venira, com as mãos sujas de massa do bolo de arroz que estava fazendo para ser vendido em tabuleiro de manhã bem cedo, a tempo de alcançar o café da vila. Pelo embaraço de D. Venira eu percebi que o meu nome fora referido naquela casa, e não favoravelmente.
  — Pupu está escrevendo — disse ela por fim. — Não sei se ele...
  Ouvi o professor chamá-la da varanda, de onde o lampião lançava sombras desproporcionadas no corredor. Teria ele ouvido a minha voz, ou fora coincidência? Da porta eu via, a sombra de D. Venira argumentando, agitando os braços, e até mexendo o queixo: mas falavam baixo, e eu nada pude ouvir.
  D. Venira voltou encabulada e pediu mil desculpas em nome do marido, disse que ele não podia ver-me aquela noite. Estava escrevendo uma exposição ao presidente do Estado. (Quando ela mencionou a exposição ao presidente eu notei uma entonação diferente em sua voz, mas fiquei sem saber se ela estava zombando da ingenuidade do marido ou querendo impressionar-me, como se dissesse "agora espere o resultado".)
  Após esse tratamento eu podia abrir a boca contra o professor sem ser acusado de injusto, mas preferi não contar a ninguém a novidade da exposição ao presidente; eu ainda tinha uma certa simpatia pelo pobre homem e não queria vê-lo em ridículo.
  Para despachar a exposição o professor teve a cautela de pretextar uma viagem à vila vizinha, com certeza receando alguma molecagem do nosso agente postal. Foi por isso que ninguém soube explicar o motivo do nervosismo que tomou conta dele naquela época. Ele não se demorava mais em parte alguma, nem no armazém. Entrava, cheirava a ponta do rolo de fumo em cima do balcão, esfregava na mão um punhado de cereal de algum

53

saco que estivesse perto, jogava uns grãos na boca, sem notar o que estava fazendo, pedia para ver uma coisa ou outra, e antes que meu tio o atendesse ele cancelava o pedido e saía apressado. No mercado era a mesma coisa, e em casa deu para descarregar a impaciência nos meninos. Onde ele se demorava era na agência do correio, com certeza para vigiar a abertura das malas.

Evidentemente o professor nada sabia dos caminhos da burocracia. Com certeza ele imaginava que a sua exposição seria recebida pessoalmente pelo presidente, lida no mesmo dia, ou o mais tardar no dia seguinte, e uma resposta redigida imediatamente em papel oficial, intimando-o a tocar para a frente com a expedição, com poderes para entrar na Coletaria e requisitar a verba necessária, enquanto nós, os descrentes, ficaríamos olhando admirados e envergonhados, doidos para ser incluídos na expedição, nem que fosse como cargueireiros.

Em vez de enfraquecer-lhe a esperança, parece que a demora deu ao professor mais disposição para agir. Depois de alguns dias de espera ele passou um longo telegrama ao presidente, chamando-lhe respeitosamente a atenção para a exposição e pedindo uma resposta urgente.

Quando a resposta chegou o telegrafista foi levá-la pessoalmente, mas não encontrou o professor em casa. A mulher também tinha ido entregar costura em casa de uma freguesa. O telegrafista voltou à cidade, nessa altura acompanhado por um bando de curiosos. Passaram no mercado, no armazém, na farmácia, mas ninguém tinha visto o professor. Por fim um menino que passava puxando um cargueiro de lenha informou que ele estava na beira do rio pelando um porco. Corremos para lá, aquele bando de gente entupindo as ruas, pisando os pés uns dos outros, atraindo mulheres às janelas.

O professor estava de chapéu de palha de roceiro e roupa velha remendada, atiçando fogo debaixo de uma lata de água. Um dos meninos mais velhos saía de um matinho com uma braçada de gravetos. Ao ver o telegrafista o professor largou o fogo, saltou por cima do porco já morto no chão e avançou limpando as mãos na calça.

Mas a resposta estava longe de ser a que ele esperava (naturalmente já sabíamos, só queríamos ver como ele recebia o telegrama). A mensagem, assinada por um secretário, dizia apenas que Sua Excelência ainda não tinha estudado a exposição, mas prometia uma decisão logo que ela lhe chegasse às mãos acompanhada dos indispensáveis pareceres.

Deixando cair o papel no capim sujo de sangue, o professor sentou-se em cima do porco e começou a chorar, como se de repente tivesse percebido a realidade. Desconcertados com essa reação que não esperávamos, afastamo-nos em pequenos grupos e voltamos calados para a cidade, ninguém teve coragem de falar no choro do professor. Não sei se estávamos envergonhados por ele ou por nós mesmos.

A situação agora havia se invertido. Todos procuravam conversar com o professor, distraí-lo de sua mágoa, mas ele não queria falar com ninguém. Pelo hábito ainda frequentava o armazém, mas ficava sentado olhando para o chão e coçando os ouvidos com paviozinhos de papel que torcia meticulosamente, como se fosse um trabalho de muita importância.

Mas se nós o conhecêssemos de verdade, teríamos sabido que ele ainda esperava. Ele havia apenas dado um prazo às autoridades, e estava aguardando que o prazo se esgotasse para tomar nova providência. Tanto que, numa segunda-feira de manhã, ele entrou de cabeça erguida na agência do telégrafo e mandou nova mensagem ao presidente comunicando que às dez horas iniciaria um protesto público contra o descaso oficial. A notícia espalhou-se depressa, e toda a vila passou a vigiá-lo de longe. Do telégrafo ele foi ao armazém e comprou rapadura, farinha, carne-seca, fumo, palha, um maço de fósforos, um rolo de corda grossa. Se a corda sugeria desatino, os outros itens nos tranquilizavam. Vimos quando ele saiu do armazém, atravessou o largo, entrou no beco do sapateiro e tomou o rumo de casa. Nesse ponto praticamente toda a população o acompanhava a distância. Meninos iam e vinham correndo, em busca de informação para as mães que haviam ficado com panelas no fogo em casa.

O professor entrou em casa com o saco das compras e logo apareceu à janela, onde ficou debruçado fumando tranquilamente, enquanto na rua a multidão crescia de minuto a minuto. O povo já estava ficando impaciente, mas o professor parecia o homem mais calmo do mundo. Ele tinha o seu plano e não ia apressá-lo para agradar a assistência.

Quando o relógio da cadeia bateu as dez horas, ele veio à porta e convidou o povo a entrar para o quintal, haveria espaço para todos, só pedia que não estragassem as plantas de D. Venira. Como o corredor era estreito, e todos queriam entrar ao mesmo tempo, houve empurrões, pés pisados, palavrões, tumulto. Gente entrava pelas janelas, estragando a parede com o bico das botinas, outros pulavam o muro, cortando-se nos cacos de vidro. Num instante escangalharam a porta do corredor de tanto se espremerem contra ela.

No quintal havia uma cisterna seca tapada com uma porta velha, com um enorme bloco de pedra em cima. O professor pediu que o ajudassem a afastar a pedra, retirou a porta para um lado e amarrou uma ponta de corda na pedra. Até aí nenhuma suspeita do que ele pretendia fazer. Depois de verificar se o nó estava firme ele despediu-se da mulher e dos filhos, todos de roupa nova e cabelo penteado com brilhantina, e sem mais aquela escorregou pela corda até o fundo da cisterna. De lá ia gritando para a mulher:
– Rapadura.
– Farinha.
– Palha e fumo.
– Carne.

D. Venira ainda lhe jogou a mais um cachecol e um guarda-chuva, recomendando-lhe que se agasalhasse bem à noite. O povo correu para a beira do poço, e o primeiro que chegou, com a pressa com que ia, teve que saltar por cima para não cair no buraco. Eu tive vontade de ver se o professor estava em pé, sentado ou agachado no fundo do poço, mas não consegui uma brecha para olhar.

Todas as manhãs D. Venira escrevia numa lousa escolar, pendurada numa estaca ao lado do poço, o número de dias que o marido havia cumprido lá dentro. O quintal ficava permanentemente cheio de gente, como se aquilo fosse um piquenique ou um pouso de folia. Até cestos de comida levavam, à noite acendiam fogueira, assavam batatas, duas meninas filhas do professor cantavam para distrair o povo, D. Venira aproveitou para armar uma barraquinha para vender refrescos e bolos.

Essa romaria já durava mais de uma semana quando o delegado achou que já chegava e intimou o professor a subir. O professor respondeu que estava exercendo o direito de protesto, e que continuaria protestando até alcançar o seu objetivo. O delegado respondeu que aquilo não era protesto, era uma palhaçada, e deu uma hora de prazo para ser atendido por bem. A única resposta do professor foi uma gargalhada confiante.

A curiosidade agora era saber de que maneira o delegado iria retirar o professor de dentro do poço caso ele teimasse em não sair. De todos os lados partiam sugestões, uns achavam que a melhor solução seria despejar baldes de água na cisterna – alguém falou em água quente –, outros que o mais indicado nesses casos seriam tochas embebidas em querosene; e um camarada baixinho, de olhinhos vivos de coelho, recomendou que se tapasse a cisterna com a porta e se metesse fumaça para dentro, como se faz para tirar tatu da toca. Ouvindo isso uma das filhas do professor, menina de seus doze a quatorze anos, começou a correr de um lado para outro, chorando e pedindo piedade, mas ninguém se comovia; todos estavam ali para ver alguma coisa fora do comum, e não haviam de querer estragar o desfecho com um gesto de piedade fora de hora.

Mas o delegado já tinha o seu plano e não precisava de sugestão de ninguém; ele apenas esperava que o prazo se esgotasse para tomar suas providências – e talvez até desejasse no íntimo que a ordem fosse desobedecida para ter uma ocasião de impor dramaticamente a sua autoridade. Quando ele consultou o relógio e disse que os sessenta minutos já haviam passado, a multidão automaticamente abriu um corredor entre ele e o poço, com certeza esperando que ele fosse descer pela corda e trazer o professor nas costas. Mas em vez de caminhar na direção do poço ele caminhou na direção da casa! Ninguém entendia mais nada. Então ele estava apenas brincando quando fez a intimação? É claro que o desapontamento do povo não vinha de nenhum desejo de preservar a autoridade, mas do receio de perder algum espetáculo, sensacional ou engraçado.

Quando o delegado voltou de sua caleche trazendo uma enorme casa de marimbondos na ponta de um galho de abacateiro, o povo criou alma nova. Era a prova de que uma autoridade experiente pensa melhor do que cem curiosos. Andando devagarinho para não balançar o galho, o delegado chegou à beira do poço e sem mais nenhum aviso soltou lá dentro o galho com os marimbondos.

Naturalmente todos esperavam que o professor subisse do poço como um foguete e saísse desatinado pelo quintal, pulando e dando tapas por todos os lados – mas nada aconteceu, nem um grito se ouviu. Olhávamos uns para os outros, espantados, como se na cara dos conhecidos pudéssemos encontrar a explicação.

Por fim aqueles de mais iniciativa foram na ponta dos pés espiar dentro do poço – e quando contaram o que viram ninguém acreditou, foi preciso que a multidão inteira fizesse fila para ver com os próprios olhos.

Dentro do poço só se via o galho de abacateiro engarranchado numa pedra e umas cascas de queijo que os marimbondos atacavam.

Fomos todos para casa de cabeça baixa, sentindo-nos vilmente logrados.

A INVERNADA DO SOSSEGO

Fazia dias que o Balão não aparecia na porteira do curral, e já estávamos ficando apreensivos, menos meu pai, que sempre tinha uma explicação otimista para tudo o que saía fora do costume. Quando eu quis dar uma batida nas vizinhanças para ver se encontrava o nosso cavalinho ele disse que não valia a pena, que o Balão certamente estava amadrinhado com a égua de Seu Boanerges, ou pastando na várzea do major Acácio, onde havia brotado capim novo depois das chuvas; quando sentisse fome de sal ou milho procuraria o caminho de casa. E acrescentou:
– Pode ser também que ele esteja cansado de sela...

Isso tinha a intenção de uma branda censura a mim e a meu irmão Benício, que passávamos praticamente o dia inteiro em cima do Balão, às vezes até um na sela e o outro na garupa.

Meu pai falou tão confiante que resolvemos esquecer nossas preocupações. Também estávamos na quadra da moagem da mandioca, e passávamos o dia inteiro na casa da farinha, ajudando a tocar a roda, mergulhando as mãos até os cotovelos nas masseiras, ou apostando quem fazia beijus maiores. Depois do banho na bica do monjolo e do jantar na mesa grande da varanda, meu avô à cabeceira provando cada prato antes de passá-lo aos demais, é que chegava a hora de pensar no Balão; mas aí já estava entardecendo, em pouco tempo escurecia e não podíamos mais sair para procurá-lo.

Não posso dizer com certeza, mas acho que mamãe não estava aborrecida com a falta do Balão. Eu a ouvi dizendo à cozinheira que havia males que vinham para bem, e quando me viram disfarçaram, e desconfiei que falavam dele. Mamãe estava sempre com receio que acontecesse alguma coisa a mim ou Benício em nossos passeios no Balão, e um dia até quis proibir que o montássemos. Papai foi que interveio em nosso favor, disse que menino de fazenda não pode ser criado na barra da saia, e que o Balão era um cavalo manso até demais; quando crescêssemos mais ele ia pôr nós dois pra amansar burro brabo. Mamãe disse que se ele quisesse vê-la morrer do coração era fazer essa loucura; papai respondeu que se isso acontecesse ele não ia ficar viúvo por muito tempo, ela riu quando percebeu que ele estava brincando, e nós continuamos montando o Balão.

Assim eram as coisas lá em casa. Quando se tratava de fazer a nossa vontade papai sempre vencia; e quando se tratava de defender a falta de algum camarada papai resistia e ameaçava, mas quem acabava vencendo era mamãe. Papai dizia que se ela pensava que tocar uma fazenda era fazer caridade a todo mundo, era melhor nós irmos para a cidade dirigir o Asilo de São Vicente.

Quando a farinha já estava torrada e ensacada, e o Balão nada de aparecer, perguntei a papai se não seria bom mandar o Calisto dar uma olhada nas fazendas de perto, no Bate-Bate, na Samurum, no Vaivém, mas ele disse que precisava do Calisto para receber uma conta nos Alverga; para esse serviço não havia outro, e se demorasse Seu Rudino Alverga não seria mais encontrado, estava de saída para a ponta dos trilhos. Benício queria que saíssemos escondidos nós dois mesmos, mas isso eu não tinha coragem de fazer; cada vez que se assustava por nossa causa mamãe ia para a cama com palpitação, e a alegria que a gente podia ter com a brincadeira não pagava o remorso.

De manhã a primeira coisa que fazíamos era olhar se o Balão estava na porteira; e à noite acordávamos cismando ter ouvido o rincho dele, ou o galope dele no descampado. Não podendo verificar no escuro, ficávamos acordados até de manhã, contando as horas no relógio da varanda; mas era imaginação, ou desejo forte.

Jula, a cozinheira, disse que se fizéssemos promessa a São Nunguinho, se Balão estivesse vivo apareceria num triz; fizemos, e foi pior porque ele não apareceu e concluímos que então ele não estava vivo.

Não podíamos imaginar o Balão morto. Aquelas ancas roliças, próprias para a gente montar de garupa, aquela crina repartida no meio e caída para cada lado do pescoço, a estrela branca na testa, os olhos inocentes refletindo a gente quando a gente olhava de perto, como é que tudo isso podia cessar de existir, sumir para onde? Essas coisas aconteciam a outros cavalos, ao Balão não podia. Mas nós estávamos crescendo, e era preciso aprender – foi isso o que meu pai disse quando o Abel chegou com a notícia. A água estava minguando na bica do quintal, e papai tinha mandado o Abel inspecionar o rego até o açude, podia ser um barranco caído, ou algum galho podre retendo a água. Nós estávamos ajudando bater feijão no terreiro quando Abel chegou com o enxadão no ombro e disse que havia encontrado o Balão. Largamos as varas e corremos para ele, queríamos saber por que não trouxe, se era longe ou perto; e quando ele disse que para trazer só se fosse arrastando, porque o cavalo estava morto, ficamos os dois abobalhados, sem saber se chorávamos ou se xingávamos Abel, julgando-o de algum modo culpado, não da morte do Balão, mas da maldade de encontrá-lo morto.

Só depois que vimos acreditamos. O Balão estava morto, morto para sempre. Tombado no açude, com o corpo dentro da água, o rabo boiando como ninho desmanchado, o pescoço entortado no barranco, decerto num último esforço para preservar a respiração, a barriga esticada como bolha que vai estourar, nem parecia o nosso cavalo. Olhei para Benício bem no momento em que ele também me olhava, e desconfiei que estávamos pensando a mesma coisa. Precisava a morte tê-lo mudado daquele jeito? Não podia ele ter morrido como era, bonito e limpo?

Quando Abel chegou com outros homens, trazendo dois laços para arrastarem o cadáver, e um dos homens pisou com brutalidade na barriga do Balão, e uma gosma amarela esguichou da boca dele, nem eu nem Benício não quisemos olhar mais. Voltamos calados para casa, cada um pensando suas lembranças, com medo de dizê-las ao outro e ouvir alguma coisa que confirmasse a morte do Balão. Por isso gostei quando lá muito adiante Benício chutou uma lobeira podre, fazendo espirrar semente para todo lado, e perguntou se eu não achava que aquele cavalo que estava no açude podia não ser o Balão. Eu estava justamente pensando

61

como seria bom que fosse outro, e que o nosso Balão estivesse andando por bem longe, trocando pernas em galopes arrojados pelos campos, como gostava de fazer quando sentia cheiro de chuva. Não fazia mal que não voltasse nunca mais; quando chegasse lá em casa um viajante de longe podia contar que tinha visto um brabeza castanho de estrela branca na testa galopando pelo cerrado; eu saberia que era o Balão mas não diria nada.

Não dissemos nada a nossos pais, porque há certas coisas que eles não devem saber, mas combinamos fazer tudo como se o Balão ainda estivesse vivo, até escondemos o cabresto dele no paiol de milho para não ser posto em nenhum outro animal.

Para nos consolar papai lembrou que ficássemos com o rosilho de vovô, disse que o vovô não ia montar mais por causa do reumatismo; não mostramos nenhum entusiasmo, papai compreendeu e não falou mais no assunto. Mamãe queria que fôssemos passar tempo na fazenda de tio Orêncio, a Farturosa, ele estava sempre convidando, mas pai disse que a ocasião não era boa, eles estavam de engenho aceso e era perigoso ter menino perto, principalmente meninos como eu e Benício. Eu não gostava da Farturosa, achava lá um lugar frio e tristonho. Todos os meninos de lá eram empalamados e meio boiotas, tinha um que passava horas escondido no oitão da casa roendo caco de telha, como se fosse coisa de comer, e outro chamado Bonsolhos, mastigava fumo e andava de facão na cintura, um porqueirinha menor do que eu.

Uma noite eu acordei cuidando ter ouvido o bater de cascos em galopes e fiquei de ouvidos atento. Devia ser muito tarde, não havia sinal de vida na casa, só o compasso do relógio na varanda, o tremido da bica despejando água no quintal, o estalar de um caibro no teto, ruídos que a calma da noite ampliava e tornava mais nítidos, como acontece quando a gente limpa o mato em volta de uma roseira e as flores que estavam lá estouram de repente como novas. Abri a janela devagarinho para não acordar mamãe no outro quarto – e não compreendi logo o que estava vendo. O luar clareava tudo com uma luz que deixava ver até a nervura das folhas dos arbustos distantes, os caminhozinhos subindo os morros, as fibras e os chanfros de machado nos barrotes do curral.

Benício passou de roupa nova e um cabresto na mão debaixo da janela e gritou para cima:

– Anda moleza! Quer perder a cavalhada?
De jeito nenhum eu queria perder a cavalhada, todo ano nós íamos, papai já tinha até comprado roupa nova e botinas para nós dois.
– Tem cavalo para nós? – perguntei.
– Nós vamos no Balão.
Eu ainda estava pensando como se o Balão ainda não tivesse voltado, mas isso era compreensível considerando o tempo que ele levou sumido.
Corri ao armário, enfiei a roupa às pressas, Benício era bem capaz de sair sem me esperar, xinguei a botina que não queria entrar, nem penteei o cabelo porque o tempo era pouco e eu ainda precisava tomar alguma coisa, não convinha sair em jejum, podia dar tonteira.
Na cozinha encontrei o fogo apagado e as panelas emborcadas no jirau, sinal de que a cozinheira já tinha se ido. O jeito era tomar um gole de água quente do caldeirão que estava na pedra. Pensei que ia achar ruim, mas não, até gostei, e se Benício não estivesse esgoelando por mim eu teria bebido um coité cheio.
Como estava bom de sela o Balão, e como andava depressa! Mal passamos o arame na porteira e descemos a baixada do córrego, já íamos longe, em terras muito diferentes das nossas, uma várzea de buritis a perder de vista. De vez em quando o Balão entortava o pescoço para trás, acho que para verificar se estávamos contentes, depois resfolegava feliz, empinava a crina e seguia em passo ganjento. Que terras seriam aquelas? Era fora de dúvida que não podiam ser de nenhuma fazenda conhecida. Quem sabe se não estávamos perdidos, sem jeito nenhum de voltar?
Veio-me à lembrança uma conversa com Abel, nós dois sentados na porteira do curral uma tarde. Eu só queria falar no Balão, mas Abel não parecia interessado. Quando senti uma coisa redonda na garganta e ele viu que era a vontade de chorar chegando, disse que eu não devia ficar triste por causa do Balão. Perguntei por que, ele disse que numa hora dessa o Balão devia estar muito feliz na Invernada do Sossego. Eu nunca tinha ouvido falar nessa invernada, pensei que fosse invenção. Ele garantiu que existia, era do outro lado do morro, aliás muito longe, todos os animais

63

desaparecidos acabavam batendo lá. Era um lugar onde não havia cobra nem erva, nem mutuca, a vida deles era só pastar e comer quando tinham vontade, quando dava sono caíam e dormiam onde estivessem nem a chuva os incomodava, se duvidar até nem chovia. Como podia haver capim sempre verde sem chuva, ele não explicou nem me lembrei de perguntar.

Agora, vendo aqueles cavalinhos gordos e lustrosos lambendo-se uns aos outros, rinchando à toa, perseguindo-se em volta das árvores, fazendo todo o barulho que queriam sem medo de serem espantados, compreendi que Abel não havia inventado nada, a Invernada do Sossego existia, qualquer pessoa podia ir lá se não ficasse aflito para chegar.

O Balão devia ter estado ali muito tempo porque fizera muitos amigos. De entoado éramos saudados pelo rincho alegre de algum cavalo que pastava à beira do caminho, outros deixavam suas brincadeiras e vinham correndo cheirar o Balão no focinho, até pessoas apareciam para alisá-lo no pescoço, e do jeito que faziam via-se que não era a primeira vez. Quando passamos na altura de um angico que ficava a certa distância da estrada alguém chamou Benício da porta de uma barraca. Benício explicou que devia ser o Zeno, menino de uns ciganos que haviam acampado debaixo da gameleira da fazenda, e que lhe dera uma tartaruguinha de presente.

Fizemos o sinal para Zeno e ele veio correndo ao nosso encontro, ainda guardando o canivete com que lavrava uma tala de madeira. Mas parece que ele não queria conversar com nenhum de nós, o que ele queria era brincar com o nosso cavalo, pois quando chegou perto pendurou-se no pescoço do Balão, que se divertia em levantá-lo e balançá-lo no ar, parece que já esquecido de mim e Benício. Cutuquei Benício e ele perguntou:

– Você não tem cavalo não, Zeno?

Zeno empurrou a cabeça do Balão para um lado e respondeu:

– Não pense que eu estou querendo tomar o seu cavalo. Aqui é assim. Os cavalos daqui não têm dono porque são de todos.

– E não sai briga? – perguntei.

– Com gente daqui, não. Quem briga são os Capadócios, que aparecem de repente armados de garrucha e fazem um estrago medonho.

– Eles não gostam de cavalo? – perguntou Benício.
– Gostam muito, mas é pra matar.
– E vocês que vivem aqui, por que que deixam?
– Vontade de correr com eles não falta, mas ninguém aguenta. Não se pode nem chegar perto, fedem muito.
– Nem tapando o nariz?
– Que esperança!
– Então não se pode fazer nada?
– Nada. Só recolher as ossadinhas. O outro dia...
Zeno parou de falar e ficou farejando o ar com a cabeça levantada.
– Vocês não estão sentindo? – perguntou.
Eu e Benício farejamos também para ajudar, mas nada sentimos, não tínhamos prática. Mas o povo todo da invernada já havia sentido e corria em confusão, puxando cavalos, recolhendo-os para dentro das barracas, deitando-os à força no fundo de valados.
– São eles! – gritou Zeno. – Precisamos esconder o Balão.
Mas onde? A barraca era muito pequena, o angico era muito alto e difícil de subir.
– Vamos enterrá-lo! Me ajudem! – gritou Zeno, já de cócoras e furando a terra com as mãozinhas.
Ajoelhamos ao lado dele e começamos a furar também, mas o trabalho não rendia porque o Balão escolheu justamente aquele momento para brincar, dava cabeçadas e nos derrubava, às vezes de lado, às vezes de costas, até dava raiva.
Balas zuinchavam perto de nós, cavalos passavam desembestados, rinchando, coiceando e caindo, e sempre aquela catinga de tontear, a gente não sabia se cavava ou se tapava o nariz. Quando afinal conseguimos abrir um buraco de bom tamanho, já não encontramos o Balão ao nosso lado. Zeno culpou Benício, Benício caiu no choro, eu tive raiva dos dois por armarem discussão naquela hora.
– Vamos campeá-lo antes que seja tarde, seus pamonhas! – gritei, puxando-os para fora do buraco.
Empurrei os dois cada um para um lado e corri pelo centro atrás de um bando de cavalos que passavam de rabo esticado, mas vi logo que era perder tempo, naquela confusão de tantas

65

patas, crinas e ancas nunca que eu acharia o Balão. Corri muito, levei muitos tropeções e devo ter perdido a direção porque de repente me vi caído dentro do mesmo buraco que tínhamos acabado de cavar.

Meti a cabeça de fora para ver o que estava acontecendo, mas a fumaça era tanta que eu mal podia abrir os olhos. Eu tinha medo era que um dos Capadócios levasse um tiro e caísse em cima de mim, vi vários deles tombarem de seus cavalos e serem arrastados pelo campo, largando chumaços de cabelo no chão. Era preciso sair dali depressa, não importava o perigo das balas.

Fiz o Pelo-Sinal e armei o pulo para sair, mas quem diz que eu conseguia levantar o corpo? Um peso impossível segurava-me no fundo do buraco. Que poderia ser? Algum cavalo morto? Fechando os olhos para não ver, fui apalpando devagar aquele corpo quente que pesava em cima de mim e concluí que não podia ser cavalo. Cheirei a mão com medo – e compreendi. Os Capadócios pesam mais do que chumbo, era inútil tentar escapulir.

Com dificuldade afastei um braço que me cobria os olhos e fiquei olhando as nuvens passarem no céu alto, tão livres e tão remotas, os pássaros cumprindo o seu dever de voar, sem se importarem que no fundo de um buraco um menino morria de morte humilhante, morria como barata, esmagado como barata. O ar não alcançava mais o fundo do meu peito, meus olhos doíam para fora, os ouvidos chiavam, e ninguém perto para me dar a mão. Eu estava sozinho no escuro, sozinho, sozinho.

ROUPA NO CORADOURO

Fui com meu pai até depois da ponte e ajudei-o a tocar os dois cargueiros ladeira acima. Todo o tempo ele ficou falando no que eu devia fazer enquanto ele estivesse fora, obedecer minha mãe em tudo, não deixá-la carregar vasilhas pesadas de água, rachar a lenha que fosse necessária, mas ter muito cuidado para não bater o machado no pé; não demorar na rua quando ela mandasse dar algum recado ou fazer compra, e principalmente não andar de farrancho na beira do rio com outros meninos maiores, porque isso assustava muito minha mãe e ela não podia passar sustos. Eu não dizia nada, só ouvia e batia com a cabeça, no fundo eu não estava triste com a viagem de meu pai, era a primeira vez que ele ia ficar longe de nós por algum tempo e eu estava ansioso por ver como seria a vida em casa sem ele para fiscalizar tudo. Quando passamos a ladeira depois da ponte e os cargueiros tomaram a estrada carreira eu pedi a bênção a meu pai, ele pôs a mão na minha cabeça e disse que Deus me abençoasse e eu voltei quase correndo.

Mamãe estava sentada no banco da varanda ralando cidra com o ralo e a travessa no colo, ela disfarçou mas eu vi que ela andara chorando. Sentei perto para conversar um pouco e esperei que ela começasse, mas ela não dizia nada, ficava muito atenta ralando os pedaços de cidra, de vez em quando passava o dedo grande na testa para afastar o cabelo e suspirava. Perguntei quando era que meu pai ia voltar, ela disse que logo que vendesse toda a mercadoria. Perguntei por que era que ele tinha deixado o ofício para ser mascate, ela zangou-se e respondeu que eu não devia chamá-lo de mascate, com certeza isso já era caçoada de outras pessoas, mas eu devia repelir quando ouvisse; ele ia apenas

67

tentar a sorte no comércio, o ofício não estava dando, ninguém queria mais fazer nem reformar casa, era só remendo, e meu pai não podia ficar parado. Quando ele voltasse com a mercadoria toda vendida haveria dinheiro para as despesas até que a situação melhorasse. Eu não estava muito interessado na volta de meu pai por enquanto, só queria que chegasse de noite para poder brincar na rua até tarde sem ficar com medo de ser repreendido ou mesmo de apanhar; por isso, quando ela perguntou se eu estava com fome eu disse que sim e fui logo para a cozinha, e já que eu estava remexendo nas panelas, para não perder o trabalho fui comendo o que havia – mandioca frita, carne assada e arroz sobrado do almoço, e no armário uma tigela com doce de batata. Quando acabei minha mãe perguntou se eu era capaz de ir em casa de D. Bita ver se ela podia mandar o dinheiro dos frangos que levara fiado desde o mês passado, não me mandou ir como fazia meu pai, perguntou apenas se eu era capaz de ir. Eu disse que ia quando acabasse de consertar a minha arraia, que perdera o rabo embaraçado em um coqueiro; e com aquilo de preparar grude, cortar papel e fazer argolas passei o resto do dia e me esqueci do dinheiro. No dia seguinte ela falou de novo no assunto, mas aí eu tinha combinado uma pescaria, precisava tirar minhoca e trocar a vara do anzol, e acabei também não indo. Não sei se foi castigo, mas o certo é que passei a tarde inteira com o anzol na água e só peguei uns dois ou três lambarizinhos barrelas, que achei melhor dar para o Ciriaco juntar com os dele que eram mais. Também não me importei, porque assim minha mãe não precisava saber que eu estive pescando.

    Quando eu chegava em casa à noite, cansado de correr, lutar ou simplesmente ficar sentado no patamar da igreja ouvindo histórias, encontrava a porta encostada, com uma pedra pesada escorando. Minha mãe estava ou no quarto rezando ou na varanda remendando minhas roupas, e o máximo que dizia é que eu não devia abusar da ausência de meu pai, porque se eu acostumasse ficaria difícil desacostumar quando ele voltasse. E acho que para não parecer que estivesse implicando mudava logo de assunto, dizia que tinha leite morno para mim na pedra do fogão, mas que não esquecesse de lavar os pés primeiro. Eu ia à cozinha, lavava os pés mais ou menos, às vezes nem lavava, passava um pano, tomava o leite com farinha e ia dormir.

Deitado na cama, ouvindo minha mãe fazendo ainda uma coisa e outra pela casa, catando feijão, moendo café para de manhã, eu achava que não estava ajudando muito, como meu pai recomendara, e prometia a mim mesmo mudar de vida. Mas resolver uma coisa deitado é fácil, não dá nenhum trabalho, praticar depois é que é difícil, a gente vai deixando para depois e nunca resolve começar.

Quando o circo chegou, aí é que eu não tinha mesmo tempo para nada, nem para conversar direito com minha mãe. De manhã cedo era aquela correria de lavar o rosto, tomar café e sair depressa para a escola, quando voltava era só engolir a comida e ir ajudar dar água aos animais e depois sair com os outros meninos carregando o quadro-negro pelas ruas, tocando buzina e gritando para chamar a atenção do povo. A gente trabalhava para ganhar entrada todas as noites, mas mesmo que não ganhasse eu acho que a gente trabalhava assim mesmo só para poder ver o circo por dentro. Com isso eu não tinha tempo nem para encher as vasilhas de água lá de casa, e muitas vezes quando eu passava com o quadro-negro pelo largo eu via minha mãe carregando um balde cheio em cada mão, ou parada com outras mulheres no chafariz esperando a vez. Da primeira vez eu fiquei com vergonha e procurei me esconder atrás do quadro, mas depois me acostumei e não sentia mais nada. Um dia, quando eu estava deitado relembrando tudo o que eu tinha visto no circo, tive pena de minha mãe estar perdendo tudo aquilo e achei que ela devia ir nem que fosse uma vez, ao menos para ver o palhaço e o salto da morte; o palhaço tinha uma cachorrinha chamada Violeta, que ele vivia puxando para aqui e para ali, e bastava ele gritar Violeta para todo mundo cair na risada. No dia seguinte eu convidei minha mãe, mas ela disse que era melhor não gastar o pouco dinheiro que meu pai tinha deixado para as despesas. Eu disse que eu podia vender minha galinha para ela não ter que tocar no dinheiro das despesas, ela pensou um pouco, eu vi que estava satisfeita com o convite, mas depois sacudiu a cabeça e disse que se ela fosse ia ficar o tempo todo pensando em meu pai, e quanto mais estivesse gostando mais ia desejar que ele também estivesse lá, e assim era melhor não ir.

    Pensei que quando o circo fosse embora eu ia ter mais tempo para ajudar em casa, mas aí inventamos de imitar os trapezistas, assentamos trapézio no quintal de Ciriaco, lá tinha muita corda e laço por causa das vacas que eles criavam para vender leite, e passávamos o tempo todo exercitando, destronquei o pé e andei muitos dias mancando, mas o Marquim foi pior porque quebrou o braço e entortou o pescoço, do braço ficou bom mas o pescoço dizem que não fica. Também ele foi o mais afoito, foi o único que teve coragem de tentar o salto da morte.
    Foi logo depois disso que minha mãe adoeceu. Ela estava na cozinha fazendo o almoço mas teve que parar e deitar na rede para descansar, disse que estava com um pouco de febre e tontura, quando pisava não sentia o chão. Ela perguntou se eu podia ir na farmácia comprar umas cápsulas e voltar já, me mandou apanhar o dinheiro no potinho embaixo da santa, eu fui mas no caminho encontrei uns meninos brincando de pião, por sorte eu estava com o meu no bolso, entrei no meio deles e me esqueci da hora. Cheguei em casa arrependido de ter demorado, mas felizmente D. Ana Bessa estava lá, tinha acabado de fazer o almoço para mim e estava dando um chá para mamãe no quarto. Eu pensei que ela gostava de mim, ela estava sempre lá em casa ou mamãe na casa dela, uma vez ela até me deu uma botinha de abotoar no dia dos meus anos; mas quando acabou de dar o chá para mamãe ela veio à cozinha onde eu estava fazendo o meu prato, ficou me olhando da porta e sem mais nem menos disse que eu tinha feito um papel muito feio, que minha mãe estava muito doente e ela ia me vigiar, se eu não deixasse a vadiação ela ia contar tudo a meu pai quando ele chegasse. Eu fiquei passado, era a primeira vez que ela falava assim comigo, e se a fome não fosse muita eu teria até perdido a vontade de comer.
    Depois de almoçar eu achei que devia lavar o prato eu mesmo para D. Ana não ter o que falar, arrumei as panelas no fogão e fui ao quarto ver minha mãe. Ela estava dormindo mas não parava de virar a cabeça de um lado para o outro no travesseiro. Fiquei lá um pouco, mas como o quarto estava escuro e quente resolvi ir

brincar no quintal, subi na mangueira grande e fiquei lá em cima enganchado numa forquilha descansando e olhando os outros quintais. Seu Amâncio estava roçando o matinho perto da horta, e quando chegou junto da cerca pegou uma caçamba velha do chão e jogou para o quintal do Seu Aprígio. Eu achei aquilo engraçado porque dias antes eu tinha visto Seu Aprígio jogar aquela mesma caçamba para o quintal de Seu Amâncio; no entanto, quem os visse conversando de tarde em suas janelas não saberia que eles tinham essa picuinha por cima da cerca. D. Ana Bessa ia voltando da horta com um manojo de ervas na mão, parou debaixo de um limoeiro, olhou para os lados, ergueu um pouco a saia na frente fazendo roda, afastou as pernas e ficou lá quieta olhando para o tempo. Imagine se ela soubesse que eu estava vendo.

Pensei em minha mãe sozinha no quarto e resolvi descer para ver se ela queria alguma coisa. Ela estava acordada, brincando com a ponta das tranças. Quando me viu entrar no quarto começou a sorrir mas fechou os olhos e gemeu baixinho; e quando abriu os olhos de novo ficou me olhando demorado, ainda querendo sorrir, depois perguntou se eu já tinha jantado. Achei esquisito porque fazia pouco mais de uma hora que eu tinha almoçado e também a voz dela saiu diferente. Ela me pediu para sentar na beira da cama, eu sentei, ela pegou a minha mão e ficou alisando. Depois virou o rosto para a parede, a mão dela muito quente na minha, até fazia a minha suar, quando vi ela estava chorando. Fiquei tão assustado que tive vontade de sair correndo para chamar D. Ana, procurei soltar minha mão devagarinho mas não tive coragem, ela me segurava com força. Eu queria dizer muitas coisas para ela, coisas bonitas e carinhosas, mas não achei o que dizer e acabei chorando também.

D. Ana entrou sem fazer barulho, e do jeito que me olhou eu vi que ela era de novo minha amiga. Ela sentou na beira da cama de frente para mim, debruçou em cima de minha mãe e pôs a mão na testa dela, depois debaixo do queixo.

– Muita febre, coitadinha – disse ela. – Matei um frango pra fazer um caldinho para ela. Acho bom você chamar o Dr. Vergílio. Eu fico com ela enquanto você vai. Diz a ele para fazer o favor de vir logo.

Se eu não tivesse parado na porta da venda para ver o mico comer amendoim eu teria alcançado o Dr. Vergílio ainda em casa. Tinha muita gente em volta olhando e rindo, eu quis ver também, o dono jogava um amendoim o mico pegava, descascava e comia e punha as cascas na cabeça e ficava balançando o corpo como se dançasse. Enquanto eu estava rindo como todo mundo alguém tirou o meu boné e jogou para o mico. Primeiro ele examinou o boné de todo jeito, virou do avesso, esfregou no corpo como se fosse sabão, depois botou na cabeça com o bico para trás. Eu quis tomar o boné mas o mico não deixava, eu esticava a mão ele gritava e ameaçava morder, e isso foi o que o povo achou mais engraçado, só eu é que não ria, eu queria o meu boné para ir chamar o Dr. Vergílio, minha mãe estava doente e não podia esperar, comecei a chorar e as risadas não paravam, apanhei uma pedra pra jogar no mico muitas mãos me seguraram, o dono do mico apanhou o boné e jogou pra mim.

Faltavam umas duas casas para chegar na farmácia quando vi o Dr. Vergílio montar o cavalo e sair com a espingarda cruzada nas costas. Eu podia ter corrido e gritado ele não ia depressa, mas. o susto de não alcançá-lo foi tão grande que na hora não me lembrei, só depois que ele dobrou a esquina da rua que desce para o rio foi que pensei nisso, mas aí não adiantava mais correr.

Cheguei em casa chorando e disse a D. Ana que o doutor tinha ido para a espera. Ela pôs as duas mãos no rosto e disse "Valha-nos Deus!", depois xingou muito o Dr. Vergílio, e quando se acalmou alisou a minha cabeça e disse que eu não devia chorar que a culpa não era minha mas daquele homem imprestável. Eu parei de chorar e sentei na canastra onde minha mãe guardava a nossa roupa, mas de cada vez que eu lembrava da minha parada na venda eu chorava mais. D. Ana pensou que era por eu não ter encontrado o doutor mas era porque eu sabia que o imprestável era eu, como meu pai às vezes dizia.

Depois que D. Ana trouxe o caldo para mamãe eu disse que achava bom eu voltar à farmácia para ver se o doutor já tinha voltado. Ela disse que eu ia perder a caminhada, se ele tinha ido esperar só voltaria muito tarde da noite ou de madrugada. Eu quis ir assim mesmo, podia ser que ele tinha esquecido alguma coisa e voltado para apanhar; e antes que ela fizesse qualquer reparo eu fui saindo depressa. Dessa vez não parei em parte nenhuma, e quando cheguei na farmácia fiz de conta que não sabia de nada. D. Rute estava sentada atrás do balcão dando mamar ao filho menor. Perguntei pelo Dr. Vergílio, ela disse que ele tinha ido do outro lado do morro ver um doente. Perguntei se depois de ver o doente será que ele não ia fazer espera, ela disse que não; ele tinha levado a espingarda mas era só por costume, e para o caso de encontrar alguma perdiz no caminho. Então eu disse que era para ele fazer o favor de ir lá em casa logo que chegasse porque mamãe estava muito doente. Ela quis saber qual era a doença, eu disse que era febre; ela perguntou se eu não queria levar umas cápsulas para ir tentando, eu disse que já tinha levado mas que não adiantou.

Eu não saí mais de casa naquele dia nem no outro. Aos poucos a casa foi enchendo de gente, mulheres mais, umas com filhos pequenos, outras com meninos já grandinhos, que ficavam me amolando para brincar. Mulheres que eu só conhecia de vista e achava antipáticas mexiam em nossa cozinha, faziam mingau para os filhos nas vasilhas de mamãe, ou café para as visitas.

Passou a noite inteira e o Dr. Vergílio não apareceu. D. Ana já estava desesperada, e no dia seguinte logo cedo ela mesma foi à farmácia indagar. D. Rute não sabia de nada, achava que de onde estava ele devia ter tido algum outro chamado, D. Ana deixou recado e passamos mais um dia inteiro na mesma aflição. Tarde da noite ele chegou, pôs todas as mulheres para fora do quarto, eu quis ficar ele não deixou.

Mais tarde ele chamou D. Ana e tomaram a fechar a porta; e quando finalmente saíram do quarto eu vi que ela estava chorando, muito disfarçado mas estava. O doutor aceitou uma xícara de café que lhe ofereceram, e enquanto bebia soprando disse que era bom mandarem chamar meu pai, mas ninguém sabia onde ele estava. Já na porta o doutor disse que precisava de alguém para trazer uns remédios que ele ia preparar na farmácia, eu disse que eu ia, D. Ana não deixou e uma das mulheres se ofereceu. Eu queria ficar sozinho num canto mas havia gente por toda parte, só na rede da varanda tinha três meninas se balançando e rindo

73

espremido, D. Ana teve de ralhar com elas por causa do barulho que faziam.

Eu estava sentado na canastra no quarto de minha mãe, o único lugar que achei para sentar, quando o padre chegou. Que susto eu levei ao vê-lo entrar com o livrinho de rezas na mão e já murmurando orações, tive vontade de mandá-lo embora mas faltou coragem, eu estava acostumado a ser muito obediente perto dele, e até de pedir a bênção, mas desta vez não pedi. Ele fez sinal para eu sair do quarto eu não liguei, tiveram que levar-me à força, fui chorando alto, sem nenhum acanhamento. Uma vizinha quis me levar para dormir na casa dela, eu gritei que não ia, eu sabia que minha mãe estava morrendo e não queria ficar longe dela. Levaram-me para a cozinha e me deram uma xícara com calmante, mas eu só parei de chorar quando vi que muita gente estava chorando também, principalmente as meninas.

Depois que o padre saiu D. Ana sentou comigo na rede, puxou minha cabeça para o ombro dela e ficou alisando o meu cabelo sem dizer nada, e foi bom porque eu não queria que falasse comigo. Quando acordei eu estava sozinho na rede, meu pai ajoelhado na minha frente, com as mãos nos meus joelhos. Abracei o pescoço dele, ele levantou abraçado comigo e ficamos os dois chorando. Depois ele me soltou no chão e disse que devíamos ir ao quarto despedir de mamãe e pedir perdão a ela. Ela estava com os cabelos soltos no travesseiro, e tão corada e bonita que pensei que não estava mais doente e que ia se levantar quando nos visse; mas chegamos bem perto da cama e parece que ela não nos viu porque continuou alisando a bainha do lençol e falando palavras que não entendi. Chamei-a duas vezes e ela nem me olhou, e quando segurei a mão dela para beijar ela disse:

– Não, não! Meu filho! Chamem meu filho! Coitado de meu filho, vai ficar sozinho...

Meu pai ajoelhou-se no chão e encostou a testa no cabelo de minha mãe, eu ajoelhei também e ficamos lá chorando. Alguém quis nos tirar de lá, D. Ana não deixou e mandou que as outras pessoas saíssem do quarto. Quando dei fé, meu pai tocava o meu braço e dizia:

– Sua mãe faleceu. Reze por ela.

No dia seguinte depois do enterro nós estávamos na varanda conversando, D. Ana tinha trazido uma bandeja de café com bolo, meu pai só tomou o café e fumava sem parar, suspirando a todo instante. Meu tio Lourenço estava lá, tinha vindo para o enterro, e não parava de falar em sua lavoura, no trabalho que estava tendo com os camaradas, na casa nova que começou a fazer mas teve de parar por falta de um bom carapina, o que arranjou bebia muito e não ligava ao serviço. Aí ele convidou meu pai para passar uns tempos no sítio e ajudar nas obras, seria bom para mim também; meu pai parece que não ouviu, e tio Lourenço teve que repetir o convite. Meu pai fez como quem acorda e disse que ia pensar; mas eu sabia que ele não ia aceitar, eles já tinham brigado uma vez e meu pai disse que nunca mais trabalhava para tio Lourenço.

Enquanto tio Lourenço falava, e os outros ficavam olhando para o chão ou assoviando baixinho entre os dentes, eu ia pensando como era que ia ser a nossa vida sem mamãe. Eu sabia que ela estava morta, eu tinha visto levarem o caixão com ela dentro, mas não queria acreditar que nunca mais eu ia vê-la. Nunca mais. Nunca mais. Nunca mais. Repeti as palavras em pensamento, elas doíam dentro de mim mas eu queria sofrer, era só o que eu podia fazer por minha mãe agora. Tio Lourenço deve ter notado que eu estava chorando, porque levantou e começou a falar comigo, perguntou como eu ia na escola, se eu já sabia o que era que ia ser quando crescesse. Baixei a cabeça para não responder, sabia que se respondesse a voz não saía direito. Aí ele disse para meu pai que eu não devia ficar o tempo todo pelos cantos pensando em coisas tristes, que era preciso sacudir o corpo; e para mostrar como era que meu pai devia fazer comigo ele me mandou soltar o cavalo dele que estava amarrado no pátio e tocá-lo para o quintal.

O cavalo estava amarrado numa argola no pé da escada da cozinha. Levei-o pelo cabresto até o portão do quintal, abri o portão, tirei o cabresto e toquei o cavalo com uma palmada na anca para ele saltar o degrauzinho. Fechei o portão com a tranca, enrolei o cabresto e voltei.

Foi aí que eu vi as roupas estendidas na grama, vestidos, blusas e saias de minha mãe que ela mesma deixara ali para corar. O luar batia nas roupas e as clareava com estranha nitidez. A blu-

75

sa de bordado que minha mãe usava em dias de calor, a saia de rosas que D. Ana achava bonita. Foi como se eu a visse pela casa varrendo e limpando, ou na cozinha mexendo as panelas, sempre empurrando os cabelos para trás com o dedo grande para não tocá-los com a mão engordurada.

Não pude me demorar mais porque meu pai me chamava da janela e eu não quis contrariá-lo logo nesse dia tão triste. Mas quando cheguei no alto da escada olhei mais uma vez a roupa estendida e fechei a porta bem devagar para demorar mais tempo olhando.

ENTRE IRMÃOS

O menino sentado à minha frente é meu irmão, assim me disseram; e bem pode ser verdade, ele regula pelos dezessete anos, justamente o tempo que estive solto no mundo, sem contato nem notícia. Quanta coisa muda em dezessete anos, até os nossos sentimentos, e quanta coisa acontece – um menino nasce, cresce e fica quase homem e de repente nos olha na cara e temos que abrir lugar para ele em nosso mundo, e com urgência porque ele não pode mais ficar de fora. A princípio quero tratá-lo como intruso, mostrar-lhe a minha hostilidade, não abertamente para não chocá-lo, mas de maneira a não lhe deixar dúvida, como se lhe perguntasse com todas as letras: que direito tem você de estar aqui na intimidade de minha família, entrando nos nossos segredos mais íntimos, dormindo na cama onde eu dormi, lendo meus velhos livros, talvez sorrindo das minhas anotações à margem, tratando meu pai com intimidade, talvez discutindo a minha conduta, talvez até criticando-a? Mas depois vou notando que ele não é totalmente estranho, as orelhas muito afastadas da cabeça não são diferentes das minhas, o seu sorriso tem um traço de sarcasmo que eu conheço muito bem de olhar-me ao espelho, o seu jeito de sentar-se de lado e cruzar as pernas tem impressionante semelhança com o meu pai. De repente fere-me a ideia de que o intruso talvez seja eu, que ele tenha mais direito de hostilizar-me do que eu a ele, que vive nesta casa há dezessete anos, sem a ter pedido ele aceitou e fez dela o seu lar, estabeleceu intimidade com o espaço e com os objetos, amansou o ambiente a seu modo, criou as suas preferências e as suas antipatias, e agora eu caio aí de repente desarticulando tudo com minhas vibrações de onda diferente. O intruso sou eu, não ele.

Ao pensar nisso vem-me o desejo urgente de entendê-lo e de ficar amigo, de derrubar todas as barreiras, de abrir-lhe o meu mundo e de entrar no dele. Faço-lhe perguntas e noto a sua avidez em respondê-las, mas logo vejo a inutilidade de prosseguir nesse caminho, as perguntas parecem-me formais e as respostas forçadas e complacentes. Há um silêncio incômodo, eu olho os pés dele, noto os sapatos bastante usados, os solados revirando-se nas beiradas, as rachaduras do couro como mapa de rios em miniatura, a poeira acumulada nas fendas. Se não fosse o receio de parecer fútil eu perguntaria se ele tem outro sapato mais conservado, se gostaria que lhe oferecesse um novo, e uma roupa nova para combinar. Mas seria esse o caminho para chegar a ele? Não seria um caminho simples demais, e por conseguinte inadequado?

Tenho tanta coisa a dizer, mas não sei como começar, até a minha voz parece ter perdido a naturalidade, sinto que não a governo, eu mesmo me aborreço ao ouvi-la. Ele me olha, e vejo que está me examinando, procurando decidir se devo ser tratado como irmão ou como estranho, e imagino que as suas dificuldades não devem ser menores do que as minhas. Ele me pergunta se eu moro numa casa grande, com muitos quartos, e antes de responder procuro descobrir o motivo da pergunta. Por que falar em casa? E qual a importância de muitos quartos? Causarei inveja nele se responder que sim? Não, não tenho casa, há muito tempo que tenho morado em hotel. Ele me olha parece que fascinado, diz que deve ser bom viver em hotel, e conta que toda vez que faz reparos à comida mamãe diz que ele deve ir para um hotel, onde pode reclamar e exigir. De repente o fascínio se transforma em alarme, e ele observa que se eu vivo em hotel não posso ter um cão em minha companhia, o jornal disse uma vez que um homem foi processado por ter um cão em um quarto de hotel. Não me sinto atingido pela proibição, se é que existe, nunca pensei em ter um cão, não resistiria me separar dele quando tivesse que arrumar as malas, como estou sempre fazendo; mas devo dizer-lhe isso e provocar nele uma pena que eu mesmo não sinto? Confirmo a proibição e exagero a vigilância nos hotéis. Ele suspira e diz que então não viveria num hotel nem de graça.

Ficamos novamente calados e eu procuro imaginar como será ele quando está com seus amigos, quais os seus assuntos favoritos, o timbre de sua risada quando ele está feliz e despreocupado, a fluência de sua voz quando ele pode falar sem ter que vigiar as palavras. O telefone toca lá dentro e eu fico desejando que o chamado seja para um de nós, assim teremos um bom pretexto para interromper a conversa sem ter que inventar uma desculpa; mas passa-se muito tempo e perco a esperança, o telefone já deve até ter sido desligado. Ele também parece interessado no telefone, mas disfarça muito bem a impaciência. Agora ele está olhando pela janela, com certeza desejando que passe algum amigo ou conhecido que o salve do martírio, mas o sol está muito quente e ninguém quer sair à rua a essa hora do dia. Embaixo na esquina um homem afia facas, escuto o gemido fino da lâmina no rebolo e sinto mais calor ainda. Quando eu era menino tive uma faca que troquei por um projetor de cinema feito por mim mesmo – uma caixa de sapato dividida ao meio, um buraquinho quadrado, uma lente de óculos – e passava horas à beira do rego afiando a faca, servia para descascar cana e laranja. Vale a pena dizer-lhe isso ou será muita infantilidade, considerando que ele está com dezessete anos e eu tinha uns dez naquele tempo? É melhor não dizer, só o que é espontâneo interessa, e a simples hesitação já estraga a espontaneidade.

Uma mulher entra na sala, reconheço nela uma de nossas vizinhas, entra com o ar de quem vem pedir alguma coisa urgente. Levanto-me de um pulo para me oferecer; ela diz que não sabia que estávamos conversando, promete não nos interromper, pede desculpa e desaparece. Não sei se consegui disfarçar um suspiro, detesto aquela consideração fora de hora, e sou capaz de jurar que meu irmão também pensa assim. Olhamo-nos novamente já em franco desespero, compreendemos que somos prisioneiros um do outro, mas compreendemos também que nada podemos fazer para nos libertar. Ele diz qualquer coisa a respeito do tempo, eu acho a observação tão desnecessária – e idiota – que nem me dou ao trabalho de responder.

Francamente já não sei o que fazer, a minha experiência não me socorre, não sei como fugir daquela sala, dos retratos da

79

parede, do velho espelho embaciado que reflete uma estampa do Sagrado Coração, do assoalho de tábuas empenadas formando ondas. Esforço-me com tanta veemência que a consciência do esforço me amarra cada vez mais àquelas quatro paredes. Só uma catástrofe nos salvaria, e eu desejo intensamente um terremoto ou um incêndio, mas infelizmente essas coisas não acontecem por encomenda. Sinto o suor escorrendo frio por dentro da camisa e tenho vontade de sair dali correndo, mas como poderei fazê-lo sem perder para sempre alguma coisa muito importante, e como explicar depois a minha conduta quando eu puder examiná-la de longe e ver o quanto fui inepto? Não, basta de fugas, preciso ficar aqui sentado e purgar o meu erro.

A porta abre-se abruptamente e a vizinha entra de novo apertando as mãos no peito, olha alternadamente para um e outro de nós e diz, numa voz que mal escuto:
– Sua mãe está pedindo um padre.

Levantamos os dois de um pulo, dando graças a Deus – que ele nos perdoe – pela oportunidade de escaparmos daquela câmara de suplício.

A ESPINGARDA DO REI DA SÍRIA

A Vida não estava tratando bem o Juventino Andas desde que ele perdera a espingarda numa espera. Para um caçador de fama e rama, perder a espingarda numa espera pode parecer um feito desonroso – mas é preciso atentar para as circunstâncias. Ninguém esperava chuva aquela noite, e choveu; a lanterna, que ele havia experimentado antes de sair de casa, falhou no mato; e o cavalo, assustado por alguma onça, arrebentou o cabresto e fugiu. Foi quando procurava o cavalo na noite escura que Juventino rolou numa grota, perdeu a espingarda e ainda destroncou um braço. No outro dia o cavalo apareceu na porteira de Seu Ângelo Furnas com a sela quase na barriga e a crina cheia de carrapicho. Seu Ângelo reconheceu-o e o recolheu e mandou recado para Juventino.

Sendo homem sem malícia, apesar de caçador, Juventino achou que devia agradecer a gentileza contando candidamente como se apartara do cavalo. Ângelo ouviu com simpatia, fez uma pergunta aqui outra ali, não mostrou ter achado graça, e nada disse que pudesse ferir a reputação do amigo; mas depois de uma visita que fez à cidade um ou dois dias mais tarde, todo mundo estava gozando o lado cômico do episódio. Juventino não percebeu de logo o que era que lhe estava acontecendo, e até contribuiu para o riso geral acrescentando uma ou outra informação que havia omitido na conversa com Seu Ângelo; mas quando desconfiou que o assunto estava rendendo mais do que a sua importância justificava, já era tarde para recolocar as coisas na sua exata perspectiva. Aos olhos dos amigos ele era agora como um soldado que perdeu a arma na guerra. Tudo o que ele dissesse agora teria que ser pesado contra esse único e singelo episódio. Juventino

81

achou que o mais acertado naquelas circunstâncias era viver mais para si e evitar locais como a farmácia de Seu Castiço, que era uma espécie de bolsa de comentários sobre caçadas.

Mas a perda do prestígio de caçador não foi o único aborrecimento de Juventino; havia outro igualmente grande: a privação de caçar, por falta de espingarda. Enquanto aos sábados os outros preparavam seus cartuchos, arreavam seus cavalos e saíam para o Ouro-Fino, os Peludos ou a Mandaquinha, ele ficava em sua janela fumando cigarros de palha, cuspindo nas pedras da calçada e olhando as beatas passarem para o terço. Uma vez, quando a coceira que dizem dar na nuca dos caçadores ficou muito forte, Juventino venceu o escrúpulo e foi pedir a espingarda de Manuel Davém, que ele sabia estar de cama com a ciática. Manuel arregalou os olhos e rebateu quase desesperado:

– Emprestar a minha espingarda? Não, Seu Juventino. O senhor me desobrigue, isso eu não posso. Empresto o cavalo, os arreios, se o senhor quiser. A espingarda não.

Havia também os que se fingiam de inocentes, passavam e perguntavam como se não soubessem de nada:

– Uai, Seu Juventino, o senhor brigou com as pacas?

Mas isso só acontecia porque ele não gostava de criar questão. Se ele fosse como o tenente Aurélio, daria uma resposta arrepiada, e quem não gostasse que corresse dentro. Alguém ia querer briga com tenente Aurélio? Se tenente Aurélio tivesse perdido a espingarda, que teria acontecido? Nada. Nada. Teria comprado outra, se não ganhasse de presente. Foi esperar, choveu, a lanterna zangou, a onça espantou o cavalo, o caçador rolou numa grota, perdeu a espingarda. Não pode acontecer? Alguém ia rir? Ia!

Mas uma coisa dessas só é natural quando acontece a quem pode comprar outra arma no dia seguinte; a graça está justamente quando o caçador não tem recurso e fica impossibilitado de praticar o seu divertimento, isso é que é engraçado e dá assunto. Se Juventino não fosse como era não haveria problema nenhum. Ele iria ao Dr. Amoedo e mandaria suspender o trabalho da dentadura porque precisava do dinheiro para comprar uma espingarda; mas com o trabalho já começado era preciso coragem para fazer isso.

De sorte que naquela ocasião a vida de Juventino girava em volta de uma espingarda, ou da falta de uma espingarda. Por caminhos ocultos o seu pensamento voltava sempre ao mesmo assunto. As pessoas que conheciam o seu problema – eram quase todos na vila – podiam acompanhar os seus silêncios, os seus suspiros, os seus sorrisos secretos e ver na frente uma espingarda.

Como daquela vez que ele entrou na loja de Seu Gontijinho para comprar um par de ligas e estava lá um cometa. Seu Gontijinho era um homem muito delicado, um dos poucos que não caçoavam de Juventino pela perda da espingarda. Era pequenino, usava óculos sem aro e piscava avidamente.

Seu Gontijinho pediu a opinião de Juventino sobre determinado artigo que o cometa estava oferecendo, Juventino gostou da consideração e demorou-se mais do que de costume. O cometa também era simpático, chamava as pessoas pelo nome e tinha sempre coisas engraçadas para dizer. Quando chegou aos mostruários dos cachimbos ele escolheu o mais bonito e deu-o a Juventino para admirar e aproveitou a ocasião para contar que os colonizadores ingleses na África arranjaram uma maneira muito prática de curtir cachimbo novo: retiram o canudo e dão o cachimbo para um preto fumar; quando o cachimbo está bem curtido tomam-no de volta e colocam novamente o canudo novo.

Juventino ouviu a história e ficou muito tempo com o cachimbo na mão, os olhos parados longe. Depois, sem perceber que era observado, ergueu o cachimbo à altura do rosto, segurando-o pelo bojo, fechou um olho em pontaria e deu um estalo com a boca.

O cometa olhou desconfiado e tratou de recuperar o cachimbo para o mostruário. Seu Gontijinho olhou, piscou e perguntou a Juventino o que ele achava de uns borzeguins de bico fino que o cometa havia oferecido antes a preço de saldo. Juventino pensou e disse que era capaz de encalhar, todo mundo agora estava querendo era sapato bico de pato, era a moda. Seu Gontijinho concordou e encomendou só meia dúzia de pares para atender os fregueses mais velhos.

Juventino estava sentado em sua mesa no cartório fumando um cachimbo, e apesar de ser pela primeira vez ele não tossia, nem engasgava, nem sentia nada do que dizem sentir o cachimbeiro principiante, achava até bom; e como o cachimbo não era dele, ele já sentia pena de ter de devolvê-lo mais cedo ou mais tarde. Provavelmente por isso ele queria aproveitar ao máximo o cachimbo, chupando-o sem parar nem mesmo para descansar e enchendo-o de cada vez que ele começava a chiar e pipocar e que o ar quente que saía pelo canudo ameaçava queimar-lhe a língua.

Tão calmante era o efeito do cachimbo que Juventino sentia-se leve e otimista, e até um tanto importante. O problema que o vinha preocupando nos últimos tempos, e que lhe pesara tanto na cabeça ainda no dia anterior, agora parecia primário e distante. De pernas esticadas, pés cruzados na mesa, as costas no descanso da cadeira, ele olhava pela janela e via o largo muito verde pendendo em brando declive até quase tocar os telhados da rua lá embaixo, animais pastando peados entre os pés de vassourinha. Era engraçado vê-los de longe movendo-se aos saltos como se brincassem de pular de pés juntos. Se não fosse maldade, nem desse processo, ele podia derrubá-los todos um a um sem se levantar do lugar; bastava esticar a mão e apanhar a espingarda que descansava no estojo de couro no chão ao pé da mesa. Mas naturalmente ele não ia fazer isso, era preciso fazer bom uso da espingarda, como dissera Sua Majestade na carta.

Juventino abriu a gaveta, tirou a carta e leu-a mais uma vez, apesar de já sabê-la de cor. Cada vez que ouvia o eco daquelas palavras e pensava na espingarda brilhando em seu estojo, ele gostava porque sentia estar vivendo. Antes, mesmo quando ainda tinha a velha espingarda, ele estava sempre adiando o momento de viver; mas agora era diferente, agora o presente era mais importante do que o futuro.

Mas é claro que nenhum homem pode viver por muito tempo contente apenas com as ofertas do presente; o futuro é tão tentador que acaba sempre metendo a cabeça aqui e ali. Juventino encheu o cachimbo mais uma vez, e enquanto soprava levemente a fumaça – não soprava forte porque queria ver o redemunho iluminado pela fresta de um olho de boi no telhado – ele pensava nas pessoas que logo o estariam visitando para ver a espingarda e elogiar a qualidade dela, evidente a qualquer pessoa que conhecesse pelo menos um pouco de arma de fogo.

O primeiro que ele gostaria de ver era Manuel Davém. Pagaria a pena ver a cara dele quando o estojo fosse aberto e a espingarda exibida. Com certeza Manuel ia querer manejá-la, examinar o cano por dentro, e até pedir para dar uns tiros, mas isso Juventino não consentiria, uma espingarda para ser sempre boa não deve andar de mão em mão, como pertence de grêmio.

Juventino não havia ainda terminado com Manuel Davém quando o coronel Bernardo Campelo gritou ó-de-casa no corredor e foi entrando sem esperar resposta. Usava chapéu de copa redonda – não amassava para não estragar – paletó de peito fechado, como blusa de soldado, chinelos de couro de anta e bengala de guatambu. Entrou e foi descansando a bengala e o chapéu em cima da mesa e procurando o lenço para enxugar a testa e a carneira do chapéu, suor estraga muito o couro.

A visita do coronel deixou Juventino incomodado porque as relações entre eles não andavam muito boas desde que o coronel cessara de convidar Juventino para o jogo de truco. E da maneira que as coisas aconteceram dava mesmo para desconfiar. Juventino era parceiro certo todos os sábados, e nos intervalos cantava modinha com a filha do coronel, a menina Andira. Diziam que havia namoro entre os dois, mas nessas coisas o povo conversa muito. Um dia Andira não apareceu na sala, e quando alguém perguntou por ela – não Juventino, ele era muito discreto – a mãe informou que se deitara cedo com dor de cabeça. Da vez seguinte também não apareceu, tinha ido visitar umas amigas. E antes do terceiro sábado o coronel Bernardo mandara dizer que o jogo estava suspenso por enquanto, quando recomeçasse avisaria. Depois Juventino soube que estavam jogando sempre, só não haviam jogado uma vez. A gente bate na cangalha para o burro entender, pensou Juventino – e guardou a mágoa.

O coronel Bernardo estava agora na frente de Juventino enxugando o suor da testa. Juventino levantou sem dizer nada, não queria comprometer-se nem por um lado nem por outro. Se a visita fosse de paz, o gesto de levantar-se podia ser tomado como uma deferência; se fosse de guerra, seria um movimento estratégico.

O coronel guardou o lenço no bolso traseiro da calça, com certa dificuldade porque a blusa era comprida e justa, e disse em sua voz grossa descansada:

– O senhor ganhou na loteria, Seu Juventino?
– Que me conste, não... Mas não atino.
– Pensei, não é? Deixou de procurar os pobres...
– Juventino pensou para ver se entendia, depois disse:
– Coronel, eu só gosto de ir onde sou esperado.
– Pois lá em casa todos estamos te esperando. Andira sempre pergunta, Anica também vive clamando a sua falta. Pensam que você está estremecido com a gente. Eu disse que com certeza você ficou rico.
– Ora essa, coronel...
– Fale franco comigo, Seu Juventino. Onde entra a franqueza não entra a vileza.
Essa era boa, pensou Juventino. Agora a culpa era dele!
– Eu cuidei que estava estorvando, coronel...
– Com efeito, Seu Juventino! A sua falta é que estorva.
Quem entende uma coisa dessas, pensou Juventino. Quando a gente pensa que está rostindo, está tinindo, quando pensa que está chegando está zarpando. Erra quem confia, erra quem desconfia. Quem desiste acerta?

Ficou combinado que à noite Juventino comparecia para um truco extraordinário, e o coronel pediu licença para ir chegando, precisava encomendar os perus e os leitões e ver se o Tomé tinha foguetes prontos.

Juventino não quis olhar mais longe porque já adivinhava que antes do Ano-novo ele e Andira estariam casados.

Ele estava ainda sorrindo sozinho quando a porta abriu-se novamente com um chiado tímido e uma figura magra e baixota apareceu na sala. Vestia roupa preta, colarinho duro e chapéu felpudo debruado. Era o Dr. Góis – Deodato Góis Félix – proprietário da empresa de força e luz, de quase todas as casas da Rua Direita, do único automóvel da vila, e o homem a ser adulado pelos candidatos a intendente. Não era um homem com quem Juventino normalmente conversasse, o Dr. Góis tinha inclinações aristocráticas, só falava com proprietários, assim mesmo nem todos, e não tomava a iniciativa de cumprimentar ninguém, quem quisesse ouvir-lhe a voz teria que falar primeiro. Sabendo disso, Juventino não perdia tempo com ele, tinha um emprego vitalício e não precisava sabucar ninguém.

Vendo-o entrar em seu gabinete, Juventino não se levantou, como manda a cortesia; mas O Dr. Góis não se mostrou ofendido. Cumprimentou Juventino, e até muito alegre. Juventino respondeu sem entusiasmo, e nada fez para encadear a conversa, se é que o Dr. Góis queria conversar. Uma pessoa sem traquejo ficaria embaraçada com essa frieza, mas não o Dr. Góis. Ele sabia o que fazer em qualquer ocasião, e fazia-o com naturalidade. Enfiando a mão no bolso esquerdo do paletó, tirou uma penca de bananas--ouro bem madurinhas, podia-se ver o chamuscado da casca e sentir o cheiro. O Dr. Góis quebrou duas gêmeas para ele e passou a penca a Juventino.
– O senhor é servido? São muito macias, e não pesam no estômago. Meu pai dizia: das frutas, a banana; das bananas, a ouro.
Juventino tomou as bananas e foi comendo-as calado, não se sentia obrigado a dizer nada. A felicidade tem mais essa vantagem de deixar a pessoa ser ela mesma, não mudar diante de estranhos.
Juventino foi comendo as bananas como gostava de fazer quando era criança, não as descascava, chupava-as por uma ponta, apertando a casca entre os dedos. As cascas esprimidas ele ia jogando nas ripas do teto, umas caíam, outras ficavam presas. Parece que o Dr. Góis achou o divertimento interessante porque meteu a mão no outro bolso e tirou mais bananas para jogar as cascas nas ripas. De cada vez que conseguia encaixar uma, ria grosso na clave do ó, dava pulos e batia palmas.
Pareceu a Juventino que o doutor estava levando vantagem porque jogava as cascas abertas e de pé. Estabeleceram-se regras para o jogo, e como a maior parte das cascas acabaram presas no teto mandaram buscar mais um cacho de bananas para continuarem a brincadeira. Com o rumor que faziam, as pessoas que passavam na rua iam parando e chegando-se para olhar, chamavam outras, e logo as janelas do cartório estavam duras de gente.
Quando, horas depois, Juventino declarou que ia parar, o Dr. Góis insistiu que continuassem, estava tão bom o brinquedo. Juventino respondeu que tinha muito o que fazer, precisava escrever uma carta caprichada ao Rei da Síria. O doutor perguntou se não podia deixar para depois, seria uma pena terem que parar só por isso, mas Juventino disse que precisava comunicar ao rei

87

o recebimento da espingarda, era uma questão de gentileza com Sua Majestade.
– Ora, uma espingarda! – disse o doutor fazendo pouco. – Vamos brincar. Eu interesso você em minha empresa.
Juventino respondeu que a proposta vinha tarde, agora ele estava comprometido com o Rei da Síria. O doutor agarrou-o pela manga e disse, instante:
– A eleição vem aí. Eu faço você intendente.
– Grande! Grande! Viva o intendente! – gritou a multidão do lado de fora, alguns imitando com a boca o chiado e o estouro de foguetes.
Juventino chegou à janela e a gritaria aumentou. Era preciso fazer um discurso, seria bobagem esperar a formalidade de eleição, já estavam todos aplaudindo. Ele apoiou as mãos no batente, os dedos para dentro e os cotovelos para fora, pendeu o corpo para a frente e começou:
– Povo de Manarairema!
Antes que ele pudesse ordenar as ideias para a primeira frase um cavaleiro entrou afobado no meio da multidão, empinando o cavalo e espandongando gente. Era o tenente Aurélio, com crepe no chapéu e no braço.
– Morreu! Morreu! – gritava ele. – Morreu o Rei da Síria!
Os sinos começaram a tocar, dos lados do Campo da Forca ouvia-se um toque triste de corneta, um foguete soltado do fundo de algum quintal, com certeza para festejar a proclamação do futuro intendente, voltou sem explodir, deixando no ar dois riscos de fumaça quase paralelos. A multidão foi se dispersando acabrunhada, muito provavelmente pensando na roupa que precisariam desencravar para a missa de sétimo dia.
Juventino virou as costas para a rua, sorrindo triste mas sorrindo. A espingarda estava ainda em seu estojo no chão ao pé da mesa. Ele ergueu o estojo, abriu-o em cima da mesa e tirou a espingarda. Era um belo trabalho de armeiro, com certeza feita por encomenda, e provavelmente não haveria duas iguais no mundo. Quanto teria custado? Quanto valeria? Juventino correu a mão pela arma, do cano à coronha, sentindo a frieza do aço e a lisura pegajosa do verniz novo.
Não era preciso apagar o brasão. Ficava para valorizar.

A VIAGEM DE DEZ LÉGUAS

Como a viagem ia ser longa, umas dez léguas de mão aberta, precisavam levantar cedo. Sabendo que não seria fácil tirar o menino da cama, o pai teve que empregar o velho truque de puxar o cobertor, o que fez muito contra a vontade porque havia tomado a decisão de não maltratar o menino naquela dia.

O menino tentou ficar um pouco mais na cama, mas sem o cobertor suas perninhas nuas não podiam encontrar conforto no colchão de palha, e ele pulou da cama tremendo e soltando fumaça pela boca e nariz. Estava ainda muito escuro, o pai havia acendido uma vela na varanda, a vela ficou fincada na boca de uma garrafa em cima da mesa, a chama comendo a cera mais de um lado por causa do ventinho da madrugada que entrava pelas janelas. O menino ficou parado na porta, coçando-se e olhando o quintal escuro.

– Não fique aí parado que é pior – disse o pai, não ralhando mas aconselhando. – Vá lavar o rosto na bica que é bom para a saúde. Eu já lavei o meu.

O menino achou estranha a preocupação com a sua saúde naquela hora, mas sendo obediente aceitou o conselho sem dizer nada. Quando sentiu a água fria nas mãos ele pensou na possibilidade de apanhar uma pneumonia e morrer depressa, naquele dia mesmo; podia ser uma boa lição. E continuou com as mãos na água, sentindo-a ora morna, ora muito fria, como se ela fosse feita de pedaços soltos, que iam caindo da bica e quebrando na laje do tanque. Seria bom se a gente pudesse morrer quando quisesse, só com a força do pensamento, sem fazer nada que doesse. No sítio um camarada fincou um ferrão de carreiro na barriga de propósito

para morrer, gemeu e chorou a noite inteira pedindo a benzedora para salvá-lo.
   Quando ele voltou o pai estava na cozinha pelejando para acender o fogo e só conseguindo fazer fumaça.
   – Diacho de lenha ruim – dizia entre acessos de tosse. – Hoje em dia só querem é ganhar dinheiro de qualquer jeito. Isso é lenha que se corte?
   O menino lembrou-se da mãe acendendo o fogo sem xingar nem reclamar. Primeiro ela acendia uma pelota de trapos, espalhava um punhado de cavacos por cima, quando a chama subia ela ia jogando gravetos e cascas. Num instante as duas achas grossas, uma de cada lado, iam pegando fogo.
   – Deixa que eu acendo – disse o menino.
   – É, você tem mais jeito. Depois põe a água pra ferver e vai moendo o café. Enquanto isso eu pego os cavalos.
   Os cavalos tinham ficado no quintal para facilitar o trabalho. Eram um rosilho e um castanho menor, presentes de casamento. Depois que ficou sozinho o pai andou querendo vendê-los mas os interessados que apareciam achavam os bichos muito velhos, ofereciam preços ofensivos e ainda davam a entender que estavam fazendo favor. O dono agradecia o incômodo de terem ido olhar e dizia que ia ficando com eles enquanto não encontrasse preço melhor.
   O pai amarrou os cavalos na frente da casa e voltou para apanhar os arreios pendurados num canto da varanda. O menino avisou da cozinha que o café estava pronto.
   – Bem que senti o cheiro – disse o pai forçando cordialidade.
   O menino já havia preparado as tigelas e desembrulhado o prato de biscoitos dados pela vizinha. O pai puxou um tamborete para perto da mesinha de caixote e ficou observando os movimentos do menino, o jeito certo que ele tinha para os serviços de cozinha, e considerou que talvez estivesse sendo apressado demais em resolver uma dificuldade que podia ser passageira. Não poderiam os dois ir tocando a vida sozinhos, o menino cozinhando e ele cuidando de ganhar o sustento? Não estaria ele querendo se ver livre do filho, a pretexto de resolver dificuldades mais temidas do que sentidas? Esse pensamento o entristeceu, ele realmente não sabia o que fazer.

– Você quer ir mesmo? – perguntou quando o menino lhe passou a tigela fumegante, como se a decisão tivesse sido do menino.
– O senhor não já combinou? – respondeu o menino perguntando, sem perceber que poderia ter mudado tudo com outra resposta.
Beberam o café em silêncio, o pai soprando o seu mais do que seria necessário. Um tição resvalou no fogo, espantando para cima uma chuva de fagulhas.
– Você não gostou do sítio das vezes que esteve lá? – perguntou o pai, ainda querendo empurrar a responsabilidade para o filho.
O filho não respondeu, estava mastigando um biscoito, a mãe o ensinara a não falar com a boca cheia. Ele gostara sim, mas a mãe tinha ido também, e sem ela não seria a mesma coisa.
O pai começou a picar fumo para um cigarro (não estava muito com vontade de fumar, estava era esperando a ocorrência de alguma ideia). O menino ia recolhendo as vasilhas para lavar, o pai interveio:
– Deixe isso que D. Ana lava. Ela vem aí para limpar e cuidar das galinhas. Em vez disso, apague o fogo.
O resto dos biscoitos foi guardado numa lata, a lata num embornal de lona, onde já havia uma palha com paçoca de carne--seca; a chave da casa foi deixada na janela de D. Ana, conforme combinação; o pai ergueu o filho do chão para a sela; perguntou se estava direito, montou também, saíram.
Quando desciam a ladeira perto da ponte o menino lembrou--se da caixinha de lápis de cor que ficara na gaveta da varanda. Não convinha pedir ao pai para voltarem, ele podia ralhar. Também podia ser que não tivesse tempo de desenhar no sítio, e nesse caso era melhor não ter os lápis perto, tentando.
Ao passarem pela última casa antes da ponte, onde morava um amigo, o menino olhou as janelas fechadas, o quintal escuro atrás do muro e achou bom estar saindo de madrugada, assim não precisava se despedir, nem explicar. O pai tentou puxar conversa, os assuntos não rendiam, eles não tinham o hábito de conversar, a cada tentativa o menino respondia é sim senhor, não sei não senhor, parece – e ficavam nisso.

Quando pegaram a estrada real o menino experimentou distrair-se contando os vultos dos postes telegráficos, mas eram tantos e tão longe um do outro que ele perdeu a conta e o interesse. Uma ocasião ele julgou ouvir os fios zunindo, e enquanto pensava se perguntava a razão do zunido o pai parece que adivinhou e explicou que deviam estar passando telegrama. Telegrama era com Mestre Belmiro, sentado em sua salinha no largo, os suspensórios caídos para os lados, a mão direita apalpando aquela espécie de carimbo em cima da mesa, ou desenrolando entre os dedos aquela fita comprida e escrevendo o resultado numa folha de bloco, as folhas seguindo para aqui e para ali, alegrando ou assustando gente.

Às vezes em dia de festa Mestre Belmiro estava muito bem tocando clarineta na banda, de repente olhava o relógio, tampava a clarineta com o copinho e saía apressado para atender o telégrafo. Mestre Belmiro parece que fazia parte daquela máquina, de longe ele sentia o chamado dela.

Na paisagem sem morro o dia clareou depressa, o sol apontou vermelho e quente. Com o sol vieram as moscas, os mosquitos, os besourinhos, os muitos bichos que voam ou boiam no ar acompanhando o viajante, zumbindo nos ouvidos dele, fazendo cócega nas orelhas do cavalo. O menino matou um bichinho – abelha ou mosquito – que teimava em rodear a cabeça dele, causando um ruído incômodo nos ouvidos, e logo pensou se não teria feito um grande mal no caso de mosquito ter pai e mãe? Se aquele mosquito que ele tinha acabado de matar fosse mãe de outros menores não ia fazer falta? Também se a gente vai pensar toda hora em tudo o que tem de fazer acaba não fazendo nada.

O pai disse qualquer coisa, e não tendo percebido o que era o menino fingiu estar ocupado em espantar outros bichos, deu um tapa raspado na orelha, deu outro na frente do rosto, isso justificava a falta de resposta caso a fala do pai requeresse resposta; mas o pai já estava com a atenção num cigarro que não queria pegar, sinal de que não esperava resposta.

O calor ia aumentando, o sol já queimava o pescoço e uma perna do menino, o suor que se formava do lado de dentro fazia gosma no couro velho da sela, ele sentiu o visgo escorrendo até o pé, incomodando sem remédio. Um carro cantou longe na frente, o pai disse que devia ser cana para o engenho dos Cruvinel.

– Podemos parar lá para tomar uma garapa, se você quiser...

– O senhor é quem sabe...

Agora uns morros discretos, cerca de arame, estrada carreira.

– Daquele morro chanfrado em diante é terra de seu padrinho – disse o pai apontando.

O menino olhou e não disse nada, não por falta de vontade mas por não ter o que dizer.

– É a mania de comprar terra sem necessidade – continuou o pai. – Herdou isso do velho Deodato. Em vez de melhorar o que já tem, agarra a comprar mais. Morre deixa tudo, pra quem não sei. Mas é um bom homem, tem me ajudado bastante. Não faz mais porque eu mesmo tenho acanhamento de estar procurando. Ele e comadre Mercedes gostam muito de você. Se você se der bem com eles, e tiver embocadura, pode chegar a ser um grande fazendeiro.

O menino olhou os bois pastando esparsos nos campos em volta, os mais pertos da estrada, levantando a cabeça para olhar atrevidos os dois viajantes, pensou em uma boiada com as suas iniciais marcadas a fogo no pelo, e sentiu um tremor de satisfação; devia ser importante ter o nome espalhado por lugares longes.

– Está vendo aquele boieco sarapantado? – perguntou o pai mostrando um bezerrão preto e branco de cupim já prosa, olhando do pé de uma elevação. – Parece um que eu tive no Bom--Tempinho. Cruza de guzerá. Presente de meu sogro seu avô. Puxou para roceiro e me deu muita dor de cabeça. Perdi ele matado por um vizinho muito perverso. Foi por causa desse vizinho que acabamos largando a roça. Sua mãe não aguentava mais as ameaças.

De repente o menino teve uma vontade forte de conversar com o pai, de entendê-lo, de ajudá-lo nas suas dificuldades que deviam ser muitas. Ele não se lembrava do sítio, mas pelas conversas que tinha ouvido entre o pai e a mãe a vida lá devia ter sido boa. O sítio para ele era apenas um rancho de pau a pique, um rego e muitos patos borrando por toda a parte, até dentro de casa, e aquele porco que mataram a facada, os gritos do porco

o comoveram por muito tempo. Mas havia festa também, no São João levantaram um mastro, uma moça que ele não sabe quem é ergueu-o no colo para ele beijar a bandeira.
— Pai... E o Bom-Tempinho ainda existe?
— Acabou. Devolvi pra seu avô, as terras eram dele. Ele vendeu para uns estrangeiros, acharam cristal lá, esburacaram tudo. Quando o cristal caiu de moda eles largaram as terras e foram embora.
O número de animais ia aumentando, agora eram muitos, mais unidos. Vacas com bezerros, éguas com cria, uns poldrinhos de cabelo na testa espertos e brincalhões, provocando as mães para correrias.
— Daqui a pouco esses poldros vão precisar de ser amansados — disse o pai. — Você querendo já pode ajudar.
O menino lembrou-se do medo que a mãe tinha de vê-lo montar em cavalo, das mil recomendações que fazia quando o padrinho chegava na cidade e ele se oferecia para levar o cavalo ao pasto.
— E não é perigoso amansar poldro?
— Não deixa de ser. Mas você não vai montar assim de saída, antes de apanhar prática. Primeiro vai só olhando para aprender, os peões vão ensinando.
A estrada começou a descer no rumo da mata que escondia o córrego, já se sentia o cheiro de folhas podres e de terra molhada. Os cavalos bufaram e apressaram o passo por conta própria. Um tatu atravessou a estrada com seu passinho apavorado e desapareceu numa moita de gravatás.
— Pai... Eu vou ficar aí até crescer?
— Deus é quem sabe. Por enquanto você vai é experimentar.
Em silêncio entraram no túnel da mata, e o mundo ficou escuro como se fosse chover, impressão reforçada pela friagem que vinha do chão. O menino ficou tão deprimido que teve vontade de pedir ao pai para não deixá-lo, para dizer aos padrinhos que estavam apenas passeando; ele prometia fazer tudo para ajudar o pai na sua vida de viúvo, até cozinhava para os dois, e não se incomodava mais de ficar sozinho à noite quando o pai quisesse conversar ou jogar em casa de amigos. Mas já estava tudo combinado, o pai não ia voltar atrás.

Chegaram com o sol ainda de fora. D. Mercedes veio recebê--los com muita festa, mandou-os apear e entrar, disse que o marido tinha ido ao canavial e não tardava. Abraçou o afilhado, espantando-se de vê-lo tão crescido.

— É a cara da mãe, o senhor não acha? — Arrependeu-se da lembrança inoportuna, consertou: — Vou fazer tudo para você não sentir muito a falta dela — e abraçou o menino de novo.

Quando se acomodaram na varanda D. Mercedes chamou um empregado, mandou-o desarrear os cavalos, o compadre avisou que desarreasse só o do menino.

— Não diga que ainda quer voltar hoje, compadre!
— É preciso. Deixei muito serviço esperando. A senhora sabe como é vida de escravo.
— Ora essa! Não falhar nem um dia! Lourenço não vai deixar.
— É sério, comadre. Estou pintando a casa do juiz, se eu não acabar esta semana ele fica meu inimigo.

Enquanto a conversa se animava o menino deitou-se na rede e dormiu. Quando o dono da casa chegou o pai quis acordar o menino para tomar a bênção, os padrinhos não deixaram, ele devia estar cansado da viagem. Nova tentativa foi feita para que o pai pelo menos pernoitasse, agora com reforço do compadre, mas a resistência foi decidida.

— E acho que nem posso esperar a janta.
— Isso não consinto — declarou o dono da casa.

O pai explicou que era melhor ele sair enquanto o filho estivesse dormindo.

— Ele anda triste desde ontem e é capaz de não querer ficar. Se ele chorar muito eu amoleço. Deus sabe o que eu tenho sofrido.

Os padrinhos acataram a decisão. Seria uma pena que tivessem de abrir mão do menino, depois de tudo preparado para acolhê-lo.

— Então eu vou ver alguma coisa para o senhor comer no caminho — disse D. Mercedes.
— Isso eu aceito. E tem uma coisa. Se não gostarem dele, ou se ele ficar muito malcriado, não tenham acanhamento; mandem recado que eu venho buscar.

95

Veio a merenda em dois embrulhos de palha de milho. D. Mercedes pediu que não reparasse porque fora feito às pressas. O pai agradeceu, guardou os embrulhos no embornal, levantou-se e ficou parado ao lado da rede olhando o filho.

– Tenha paciência com ele, comadre. Mas não deixe de castigar quando for preciso.

Os donos da casa foram levá-lo à porteira, despediram-se e ficaram olhando até ele sumir na descida.

– Coitado de compadre Olímpio. Tem roído da banda pobre – disse o marido.

– Tão boa pessoa e tão sem sorte – disse a mulher quase chorando. – Deve ser triste separar do filho assim. Ele está se fazendo de duro mas está sofrendo.

– É a cruz de cada um – disse o marido abraçando-a pela cintura e levando-a para casa.

As vacas de cria nova já vinham se chegando para o curral. Os bezerrinhos berravam e se atropelavam para arranjar um bom lugar nos vãos da porteira. As mães chegavam aflitas e procuravam lamber os filhos por entre as tábuas, como para ajudá-los a terem calma.

DIÁLOGO DA RELATIVA GRANDEZA

Sentado no monte de lenha, as pernas abertas, os cotovelos nos joelhos, Doril examinava um louva-deus pousado nas costas da mão. Ele queria que o bichinho voasse, ou pulasse, mas o bichinho estava muito à vontade, vai ver que dormindo – ou pensando? Doril tocava-o com a unha do dedo menor e ele nem nada, não dava confiança, parece que nem sentia; se Doril não visse o leve pulsar de fole do pescoço – e só olhando bem é que se via – era capaz de dizer que o pobrezinho estava morto, ou então que era um grilo de brinquedo, desses que as moças pregam no vestido para enfeitar.

Entretido com o louva-deus Doril não viu Diana chegar comendo um marmelo, fruta azeda enjoada que só serve para ranger os dentes. Ela parou perto do monte de lenha e ficou descascando o marmelo com os dentes mas sem jogar a casca fora, não queria perder nada. Quando ela já tinha comido um bom pedaço da parte de cima e nada de Doril ligar, ela cuspiu fora um pedaço de miolo com semente e falou:

– Está direitinho um macaco em galho de pau.

Doril olhou só com os olhos e revidou:

– Macaco é quem fala. Está até comendo banana.

– Marmelo é banana, besta?

– Não é mais serve.

Ficaram calados, cada um pensando por seu lado. Diana cuspiu mais um caroço.

– Sabe aquele livro de história que o Mirto ganhou?

– Que Mirto, seu. É Milllton. Mania!

– Mas sabe? Eu vou ganhar um igual. Tia Jura vai mindar.

– Não é mindar. É me-dar. Mas não é vantagem.
– Não é vantagem? É muita vantagem.
– Você já não leu o de Milton?
– Li mas quero ter. Pra guardar e ler de novo.
– Vantagem é ganhar outro. Diferente.
– Deferente eu não quero. Pode não ser bom.
– Como foi que você disse? Diz de novo?
– Já disse uma vez, chega.
– Você disse deferente.
– Foi não.
– Foi. Eu ouvi.
– Foi não.
– Foi.
– Foi não.
– Fooooi.

Continuariam até um se cansar e tapar os ouvidos para ficar com a última palavra, se Diana não tivesse tido a habilidade de se retirar logo que percebeu a dízima. Com o pedacinho final do marmelo entre os dedos ela chegou-se mais perto do irmão e disse:

– Gi! Matando louva-deus! Olhe o castigo!
– Eu estou matando, estou?
– Está judiando. Ele morre.
– Eu estou judiando?
– Amolar um bicho tão pequenininho é o mesmo que judiar.

Doril não disse mais nada, qualquer coisa que ele dissesse ela aproveitaria para outra acusação. Era difícil tapar a boca de Diana, ô menina renitente. Ele preferiu continuar olhando o louva-deus. Soprou-o de leve, ele encolheu-se e vergou o corpo para o lado do sopro, como faz uma pessoa na ventania. O louva-deus estava no meio de uma tempestade de vento, dessas que derrubam árvores e arrancam telhados e podem até levantar uma pessoa do chão. Doril era a força que mandava a tempestade e que podia pará-la quando quisesse. Então ele era Deus? Será que as nossas tempestades também são brincadeira? Será que quem manda elas olha para nós como Doril estava olhando para o louva-deus? Será que somos pequenos para ele como um gafanhoto é pequeno para nós, ou menores ainda? De que tamanho, comparando – do de formiga? De piolho de galinha? Qual será o nosso tamanho mesmo, verdadeiro? Doril pensou, comparando as coisas em volta. Seria engraçado se as pessoas fossem criaturinhas miudinhas, vivendo num mundo miudinho, alumiado por um sol do tamanho de uma rodela de confete... Diana lambendo os dedos e enxugando no vestido. Qual seria o tamanho certo dela? Um palmo de cabeça, um palmo de peito, palmo e meio de barriga, palmo e meio até o joelho, palmo e meio até o pé... uns seis palmos e meio. Palmo de quem? Gafanhoto pode ter seis palmos e meio também – mas de gafanhoto. Formiga pode ter seis palmos e meio – de formiga. E os bichinhos que existem mas a gente não vê, de tão pequenos? Se tem bichos que a gente não vê, não pode ter bichos que esses que a gente não vê não veem? Onde é que o tamanho dos bichos começa, e onde acaba? Qual é o maior, e qual o menor? Bonito se nós também somos invisíveis para outros bichos muito grandes, tão grandes que os nossos olhos não abarcam? E se a Terra é um bicho grandegrandegrandegrande e nós somos pulgas dele? Mas não pode! Como é que vamos ser invisíveis, se qualquer pessoa tem mais de um metro de tamanho?

Doril olhou o muro, os cafezeiros, as bananeiras, tudo bem maior do que ele, uma bananeira deve ter mais de dois metros...

Aí ele notou que o louva-deus não estava mais na mão. Procurou por perto e achou-o pousado num pau de lenha, numa ponta coberta de musgo. Doril levantou o pau devagarinho, olhou-o de perto e achou que a camada de musgo lembrava um matinho fechado, com certeza cheio de

– Quando é que você vai deixar esse bichinho sossegado? Tamanho homem!

Doril largou o pau devagarinho no monte, limpou as mãos na roupa.

– Você não sabe qual é o meu tamanho.

Ela olhou-o desconfiada, com medo de dizer uma coisa e cair em alguma armadilha. Doril estava sempre arranjando novidades para atrapalhá-la.

– Você nem sabe qual é o seu tamanho – insistiu ele.

– Então não sei? Já medi e marquei com um carvão atrás da porta da sala. Pode olhar lá, se quiser.
Ele sorriu da esperada ingenuidade.
– Isso não quer dizer nada. Você não sabe o tamanho da marca.
– Sei. Mamãe mediu com a fita de costura. Diz que tem um metro e vinte e tantos.
– Em metro de anão. Ou metro invisível.
Ela olhou-o assustada, desconfiada; e não achando o que responder, desconversou:
– Ih, Doril! Você está bobo hoje!
– Boba é você, que não sabe de nada.
Ela esperou, ele explicou:
– Você não sabe que nós somos invisíveis, de tão pequenos?
– Sei disso não. Invisível é micuim, que a gente sente mas não vê.
– Pois é. Nós somos como micuins.
Diana olhou depressa para ela mesma, depois para Doril.
– Como é que eu vejo eu, vejo você, vejo minha mãe?
– E você pensa que micuim não vê micuim?
Diana franziu a testa, pensando. Doril tinha cada ideia.
Como daquela vez que andou querendo mandar recado por pensamento, punha Diana sentada num baú no porão e ele ficava na rede da varanda pensando o recado, depois gritava da janela perguntando se ela tinha pegado; ela tinha vontade de pegar mas não pegava, e não podia mentir porque não sabia mesmo em que era que ele tinha pensado. Doril disse que ela estava negando só para desmenti-lo. Agora essa invenção de que a gente é bicho pequeno invisível.
– Não pode, Doril. A gente é grande. Olhe aí, você é quase da altura desse monte de lenha.
– Está vendo como você não sabe nada? Isso não é um monte de lenha. É um monte de pauzinhos menores do que pau de fósforo.
– Ora sebo, Doril. Pau de fósforo é deste tamanho – ela mostrou dois dedinhos separados, dando o tamanho que ela imaginava.

– Isso que você está mostrando não é tamanho de pau de fósforo. Pau de fósforo é quase do seu tamanho.
Diana ficou pensativa, triste por ter diminuído de tamanho de repente. Doril aproveitou para ensinar mais.
– Como você é tapada, Diana. Tudo no mundo é muito pequeno. O mundo é muito pequeno. – Olhou em volta procurando uma ilustração. – Está vendo aquela jaca? Sabe o tamanho dela?
– Sei sim. Regula com uma melancia.
– Pronto. Não sabe. É do tamanho de cajá.
Diana olhou a jaca já madura, em ponto de cair, qualquer dia caía.
– Ah, não pode, Doril. Comparar jaca com cajá?
– Mas é porque você não sabe que cajá não é cajá.
– O que é então?
– É bago de arroz.
Diana olhou em volta aflita, procurando uma prova de que Doril estava errado.
– E coqueiro o que é?
– Coqueiro é pé de salsa.
– E eu?
– Você é formiga de dois pés.
– Se eu sou formiga como é que eu pulo rego d'água?
– Que rego d'água?
– Esse nosso aí.
Doril sacudiu a cabeça, sorrindo.
– Aquilo não é rego d'água. É um risquinho no chão, da grossura de um fio de linha.
– E... E aquele morro lá longe?
– Não é morro. Você pensa que é morro porque você é formiga. Aquilo é um montinho de terra que cabe num carrinho de mão.
Diana olhou-se de alto a baixo, achou-se grande para ser formiga.
– Onde você aprendeu isso?
Ela precisava da garantia de uma autoridade para aceitar a nova ideia.
– Em parte nenhuma. Eu descobri.

Diana deu um riso de zombaria, como quem começa a entender. Tudo aquilo era invenção dele, coisa sem pé nem cabeça, como a história de recado por pensamento. A mãe chamou da janela. Doril desceu do monte de lenha, um pau resvalou e feriu-o no tornozelo. Ele ia xingar mas lembrou que pau de fósforo não machuca. A mãe chamou de novo, ele saiu correndo e gritou para trás:
– Quem chegar por último é filho de lesma.
Diana correu também, mais para não ficar sozinha do que para competir. Pularam uma bacia velha, simples tampa de cerveja emborcada no chão. Pularam o fio de linha que Diana tinha pensado que era um rego d'água. Doril tropeçou num balde furado (isto é, um dedal com alça), subiu de um fôlego os dentes do pente que servia de escada para a varanda e entrou no caixotinho de giz onde eles moravam. A mãe, uma formiguinha severa de pano amarrado na cabeça estava esperando na porta com uma colher e um vidro de xarope nas mãos, a colher uma simples casquinha de arroz. Doril abriu a boca, fechou os olhos e engoliu, o borrifo de xarope desceu queimando a garganta de formiga.

ONDE ANDAM OS DIDANGOS?

A noite era feia perigosa no rancho, muitos bichos lá fora, alguns conhecidos, outros inventados, deduzidos dos barulhos que vinham da mata; mas encostado no corpo sadio da mãe ele não tinha medo de nada, os bichos ficavam mansos, distantes, incapazes de fazer mal.

Mas não deixavam de existir. Como aquele que ele inventou quando a candeia estava apagada, os pais dormindo roncando e ele de olhos fechados pensava na claridade do sol, porque na claridade não há bicho perigoso. Mas o medo puxa, e ele acabava compondo o autor dos ruídos de origem desconhecida que vinham do mato. Era um bicho sem pés nem cabeça, só um corpo comprido em forma de canudo, um canudo grosso e mole, às vezes liso, às vezes cabeludo (essa parte ainda não estava esclarecida), largo nas pontas, fino no meio. As pontas eram os pés e também as bocas, o bicho andava firmando uma ponta no chão, levantando a outra, esticando o corpo e jogando a ponta levantada para diante, no caminho apanhando as frutas e folhas que interessassem, depois buscava para a frente a ponta que tinha ficado para trás, isso depressa, sem parar nem perder tempo. Ele custou achar nome para esse bicho, acabou chamando de didango.

Sendo o bicho mais esquisito de toda a mata, e vai ver que de todo o mundo, o didango tinha que ser também o bicho mais perigoso. Ele nunca viu um didango de verdade, mas sabia que eles rondavam o rancho de noite; e de manhã quando ia com a mãe apanhar água na grota, ou com o pai tirar varas na beirada do mato para algum serviço no rancho, via rastos deles por toda parte, meio apagados porque a chapa dos pés deles é macia. Mas em

103

sonho eles apareciam bem visíveis, às vezes perto, às vezes longe, jogando o canudo do corpo por cima do rancho, estremecendo as panelas no jirau, ou subindo morros, saltando grotas, medindo o mundo a compasso.

 Engraçados eram os filhotes, umas miuçalhas que faziam tudo o que os grandes faziam mas às vezes ficavam retidos na beira de uma grota, correndo para lá e para cá, guinchando como leitõezinhos, com medo de pular, até que um dos grandes voltava e do outro lado mesmo os suspendia com um pé, como quem carrega cobra enganchada num pau. Uma vez ele viu um didango matar uma onça jogando um pé por cima do lombo dela, mergulhando por baixo, saindo por cima novamente, dando nó, e puxando dos dois lados. A cintura da onça foi afinando, afinando, a língua derramou para fora da boca, as tripas estufaram pelo buraco que todo animal tem debaixo do rabo, e quando o didango afrouxou o nó ela caiu molenga no chão. Imagine se eles fizessem isso com uma pessoa. Árvores eles derrubavam com a maior facilidade, enlaçavam a árvore com o canudo do corpo, puxavam e arrancavam com raiz e tudo.

 Com esses e outros bichos, e mais outras coisas que aconteciam, a vida no rancho era cheia de sustos. Um dos grandes foi quando o Venâncio apareceu. O pai estava na roça limpando o feijão e o milho, a mãe tinha ido na grota lavar roupa, o menino ficou sozinho brincando com um besouro, queria fazer o besouro arrastar uma caixa de fósforos cheia de pedrinhas, estava entretido nisso quando a porta do rancho escureceu. Ele levantou os olhos e não viu ninguém mas teve a impressão de que um vulto tinha acabado de passar. Didango não era porque eles são muito altos e fazem um barulho fofo quando chapam o pé no chão. Seria tapuio? O pai disse que naquela mata viveram tapuios antigamente; estariam voltando? Ele esperou com o coração batendo alto, sem coragem de se levantar do chão para olhar, capaz de ser mesmo um tapuio, ou pior. Gritar era perigoso, eles podiam vir correndo boleando as bordunas; e se a mãe ouvisse o grito e viesse correndo, na certa morria também. O jeito era ficar quieto, mesmo tremendo e suando, e pensar numa reza que puxasse o pai para o rancho, às vezes ele vinha fora de hora buscar um pedaço de fumo, tomar um gole de café; e sendo homem valente corajoso, e andando sempre com a espingarda, nem tapuio podia com ele.

Sem querer ele levantou os olhos para o lugar onde a parede tinha um buraco, viu dois olhos olhando para dentro do rancho. Não vendo nenhuma saída ele começou a chorar baixinho, tomou gosto e acabou chorando alto. O choro espantou os dois olhos mas ele continuou chorando, sabia que os índios não tinham ido embora, deviam estar combinando o ataque.

Quando a porta escureceu de novo ele não levantou os olhos para não ver a cara do índio – mas quem entrou foi a mãe com a gamela de roupa enxaguada e torcida.

– Que vergonha! Tamanho homem chorando. Será que não pode ficar sozinho um instante? Ou está sentindo alguma coisa?

Ele ficou tão contente de vê-la que chorou mais alto ainda.

– Mas o que é isso, menino! Algum bicho te mordeu?

– Os índios, mãe! Um índio!

– Que índio? Está sonhando com índio.

– Tem um aí fora. Eu vi.

– Eu quero ver esse índio.

– Vai não, mãe! É perigoso!

Ela descansou a gamela no chão e saiu enxugando as mãos na saia. Ele ouviu os passos dela em volta do rancho, teve vontade de ir atrás para fazer companhia, as pernas não ajudaram. Quando os passos pararam ele sentiu um frio na espinha, esperou os gritos dela, o barulho das pancadas. Felizmente os passos recomeçaram, e logo ela apareceu na porta do rancho. Estava cansada, devia ser do trabalho com a roupa, de subir a ladeira com a gamela.

– Eu não disse? Vi índio nenhum.

Mas em vez de ir estender a roupa ela andou pelo rancho como procurando alguma coisa, fez um pelo-sinal disfarçado, atiçou o fogo, de vez em quando olhando para fora desconfiada.

– Sabe o quê? Vamos chamar seu pai para tomar um café.

Pegou a buzina que ficava pendurada atrás da porta, apontou-a para fora e tocou.

Quando o pai chegou, assustado e irritado, a mãe foi dizendo antes que ele perguntasse o motivo do chamado:

– Ele está dizendo que viu um índio. Diz a ele que é cisma.

– É inzona. Falta do que fazer. Aqui não tem mais índio. Foi para isso que me chamou?
– Foi o que eu disse. Até olhei em volta pra tirar a cisma. Vem ver comigo.

Ela puxou o marido para fora e mostrou os rastros que tinha visto na primeira inspeção. O marido mandou-a voltar e foi seguindo os rastros. Ela abraçou o menino, chamou-o de bobinho medroso e ficou rezando mentalmente, até que ouviram o grito do pai:

– Venham ver o índio!

A mãe correu para a porta, o menino atrás agarrado nela. Ao lado do pai estava um rapazinho de seus catorze, quinze anos, magro e esmolambado, com cara de medo e doença; tinha um pé machucado que não pisava completo no chão. Com muito custo disse que se chamava Venâncio, vinha de longe, passara mais de um mês no mato curtindo fome e frio, comendo passarinho assado, marmelada-de-cachorro, semente de jatobá, o que achasse. Falava baixo e tremia muito.

– Você fica aqui com a gente – disse o pai. – Preciso mesmo de um ajudante. Mas primeiro você vai descansar, matar a fome, tratar desse pé.

Foi a primeira vez que o menino viu uma pessoa com fome ter medo de comer. Quando a mãe deu o prato, umas coisas arranjadas às pressas (não era hora de comida), ele entortou o corpo para um lado, não querendo.

– Come, bobo. Tem veneno não – disse a mãe, e pôs o prato no colo dele.

Ele olhou para ela desconfiado, parece que não acreditando, pegou o prato com as duas mãos e chorou só com os olhos. A mãe fez sinal ao menino para sair de perto, mas de vez em quando olhavam. Venâncio enxugou os olhos com uma manga, com a outra começou comendo com a colher, depois largou e comeu com as mãos, comeu tudo sem tomar fôlego. Limpou o prato completamente e ainda mandou uma três bananas e um pedaço de rapadura. Depois bebeu um coité de água, arrotou e dormiu sentado.

Venâncio passou uns dias tratando do pé com banho de erva-moura e gordura de capivara, de noite dormia numa esteira num canto do rancho, falava muito no sono e acordava assustado. Toda vez que ouvia barulho perto do rancho corria para se esconder nas bananeiras do quintal.

Quando a inchação do pé já estava murchando e secando, o pai passou o primeiro trabalho: tirar varas e embira para fazer um puxado no rancho. Venâncio saiu alegre com o facão, logo voltou com um feixe de varas na cabeça e dois arrastados por um cipó; encostou esses no oitão do rancho e voltou para buscar mais. Depois do almoço o pai explicou como é que se faz uma parede de varas, e quando voltou de tarde duas paredes estavam prontas, faltava a da porta, que é mais complicada. De noite mesmo o pai ensinou o segredo e no dia seguinte o puxado ficou pronto, com o chão socado, a cobertura assentada.

– Você é caprichoso – o pai disse satisfeito. – Agora vamos ver na enxada.

Além de ajudar na roça Venâncio estava sempre inventando novidades para fazer, principalmente brinquedos para o menino. Fez uma tropa de cavalinhos de pau lavrados a canivete, com fiapos de pena de galinha para imitar rabo e crina, escolhendo madeiras diferentes para não saírem todos de uma cor só; fez uma gangorra para ele e o menino brincarem aos domingos, com uma pedra grande encaixada numa ponta para compensar a diferença de peso; fez máscaras de cabaça com pavio dentro para pendurar nas árvores e acender de noite, muito boas para espantar bichos; fazia corda de embira, fortes e muito bem trançadas.

Venâncio não tinha preguiça de fazer nenhum serviço, até cozinhar e lavar roupa ele cozinhava e lavava quando a mãe estava muito ocupada em outro serviço, ou amanhecia perrengue. O pai disse que Venâncio tinha caído do céu.

Quem não caiu do céu foi aquele homem feioso mal--encarado que chegou no rancho perguntando pelo dono. A mãe e o menino se assustaram, visita de fora ali não ia, só um caçador de ano em ano, esses chegavam pedindo muita licença, aceitavam um café ou um almoço, descansavam e iam embora deixando dinheiro para comprar alguma coisa para o menino, diziam. Mas aquele homem chegou com rompante, como se fosse dono da mata e dos bichos. A mãe explicou que o marido estava na roça.

107

– Eu espero. Manda chamar não – disse o homem, tirando a carabina do ombro, pegando um tamborete e sentando sem pedir licença.

Olhava tudo e não dizia nada, fiscalizando e guardando. O menino grudou-se à mãe e não quis mais saber de nenhum brinquedo. Depois de muito hesitar a mãe disfarçou, pegou a buzina – mas o homem estava atento: deu um pulo do tamborete, tirou a buzina da mão dela.

– Toca não, dona. Não tenho pressa. Deixe ele vir sem aviso.

O menino teve vontade de ter uma faca pontuda para enfiar na barriga do homem; a da cozinha não servia, era pequena e sem ponta; pensou também em sair escondido para chamar o pai, mas desistiu porque achou arriscado deixar a mãe sozinha com aquele homem antipático.

O tempo não passava, e a nervosia da mãe andando pelo rancho querendo fazer muita coisa e não fazendo nada aumentava o medo do menino. Ele pediu a Deus que mandasse uma cobra venenosa morder o homem, chegou a ir para detrás de uma mamoneira esperar o resultado, não apareceu cobra nenhuma. Por que é que existe gente ruim no mundo? Por que não pode todo mundo ser como Venâncio?

Ele pensava que a chegada do pai ia pôr tudo nos eixos, mas quando viu o pai chegando com Venâncio, cada um trazendo inocentemente uma bandeira de feijão na cabeça, sentiu um aperto no coração. Carabina dá tiro mais forte do que espingarda, o pai podia morrer na briga e o homem mal-encarado ficar morando no rancho, mandando nele e em Venâncio e dormindo no jirau com a mãe dele.

O pai chegou e jogou a bandeira de feijão no terreiro com um entortar de cabeça, o menino correu e abraçou-se nas pernas dele.

– Pai, um homem! Aí no oitão! Com uma carabina!

Venâncio também tinha jogado o feijão no chão, olhou assustado, quis correr, o homem já estava perto com a carabina na mão.

– É você mesmo que eu quero, maroto. Corre não que eu atiro.

108

O homem mandou o pai largar a espingarda no chão e puxou-a com o pé para perto dele.

– Agora amarre as mãos dele para trás com esta corda.

Tirou uma corda da patrona, jogou para o pai e ficou fiscalizando a amarragem, sempre com a carabina preparada. Quando o pai acabou de amarrar as mãos de Venâncio, o homem tirou um lacinho de laçar bezerro que levava pendurado na cintura, escondido debaixo do paletó, e mandou o pai passar a parte da argola por baixo dos braços de Venâncio, ficando a argola nas costas.

– Agora passe a iapa pela argola com duas voltas.

O pai obedeceu, não tinha outro jeito. O homem mudou a carabina para a mão esquerda, com a direita segurou o laço e deu um safanão para experimentar. Venâncio quase caiu para trás, não estava esperando aquela brutalidade.

– Vamos embora. Seu tio está esperando – disse o homem, e cutucou Venâncio com o cano da carabina.

Venâncio olhou para trás como que se despedindo das pessoas, do rancho, da gangorra, de tudo. O homem deu outro cutucão, Venâncio baixou a cabeça e foi andando, o homem atrás levando também a espingarda. Quando já iam entrando no mato o homem gritou:

– Vou levar sua espingardinha fubeca não. Vou deixar ela pendurada num pau. Depois você vem buscar.

O pai, a mãe, o menino ficaram olhando até que os dois sumiram no mato, mas desde antes já não viam direito por causa das lágrimas. Quando iam entrando no rancho, o pai tropeçou num pote de sebo que estavam juntando para fazer sabão, voltou e mandou o pote longe com um pontapé, espalhando sebo pelo terreiro. A mãe jogou-se de bruços no jirau, chorando como quem acaba de perder um filho. O pai passou o resto do dia e a noite sentado na porta do rancho enrolando e acendendo cigarro um atrás do outro. O menino também só pensava em Venâncio, não sabia como ia ser a vida sem ele.

Venâncio levado no laço, e os grilos cantando no mato, e a água correndo na grota, e os vaga-lumes trançando na noite, tudo como antes, e tão diferente... E os didangos, onde estavam que não tinham vindo?

109

OS NOIVOS

Todo dia depois da escola ela passa na loja para ver o noivo. Chega cansada, os braços marcados dos cadernos da classe e da bolsa de costura. Ela está sempre costurando, bordando, consertando, não ainda para o enxoval, mas por hábito, para ter sua roupa em ordem; escola come roupa, diz ela.

Um irmão dela ajuda na loja e já está entendendo tudo, o que é um bom descanso para o dono. Na lojinha acanhada mas bem sortida, principalmente de artigos que podem ser levados no bolso – pentes, botões, fitas, linhas, grampos de cabelo – tudo tem seu lugar certo em gavetas, vitrines, prateleiras com divisões, caixas de tamanho uniforme, com um exemplar do artigo pregado na parte de fora que fica à vista, e o rapaz sabe encontrar o que o freguês procura, a bem dizer de olhos fechados.

O dono mora nos fundos da loja, aí faz café numa cafeteira a álcool, come um almoço de marmita e raramente sai à rua. Para ter um lugar onde receber a noiva sem causar escândalo, ele mandou fazer uma salinha numa extremidade da loja, sacrificando um pedaço do balcão. Eles passam boa parte da tarde na sala, sentados em poltronas de vime separadas por uma mesinha de centro, ideia da noiva, e muito bem pensada: a mesinha serve para ela descansar a costura, para ele apoiar os braços e serve também de barreira entre eles, para evitar comentários.

De calça caseira, paletó de pijama e chinelos, os braços apoiados na mesa ou na poltrona, ele fica olhando para um ponto vago no chão, ou para os pés cruzados sobre os chinelos, uma ameaça de sorriso nos cantos da boca; outras vezes se distrai com um cordão apanhado na loja, enrola-o apertado num dedo para sentir o latejar do sangue represado, desenrola-o, dá-lhe nós pelo prazer de desatá-los, quanto mais apertados melhor; mas nunca esquece o sorriso.

Ninguém saberia se o sorriso é indício de algum pensamento maroto ou defesa permanente contra possíveis interpelações da noiva, caso ela o julgasse preocupado, ou aborrecido.

Ela já está habituada com o temperamento calado do noivo, mas de vez em quando ainda reclama.

— Muda de assunto, Vicente.

Ele olha para ela, acentua um pouco mais o sorriso, e para mostrar que não está ausente, nem morto, muda a posição dos pés nos chinelos, o que estava embaixo passa para cima; mas não diz nada, apenas solta um "huuum?" esticado.

— Muda de assunto. Esse jás está batido.

— Você também não diz nada...

— Dizer o que, se você não fala.

Como ela fala sem tirar os olhos da costura, ele não se julga obrigado a replicar; e mesmo que encontrasse o que dizer, talvez não fosse oportuno mais, ela já está mordendo os lábios para o pano estendido diante dos olhos, com certeza se repreendendo por algum ponto mal dado. Para não atrapalhá-la, ele fica calado. Pode ser que, sendo o noivado já antigo, eles tenham esgotado os assuntos correspondentes a essa fase; se é isso, só o casamento os poderá salvar, abrindo novas perspectivas.

Frequentemente entram fregueses indiscretos na loja, e esses sempre vão para o canto perto da sala; e enquanto fingem examinar o artigo pedido, ficam de ouvido atento para a porta, os de ouvido fraco chegam a pender a cabeça, mas em pura perda. Imaginando que o silêncio pode ter significado mais forte do que qualquer conversa, os mais afoitos põem o escrúpulo de lado e chegam-se de sopetão na frente da porta — e dão com os noivos separados pela mesa, ele encolhido em seu silêncio, ela distraída com a costura. Desapontados, os curiosos se vingam na primeira oportunidade. É só ouvirem alguém comentar a eternidade do noivado e lá vem um sorriso torto, um ar de quem conhece segredos que a discrição não deixa revelar, e a insinuação calhorda:

— Casar pra quê? Como está, está tão bom...

Quando a claridade vai fugindo da salinha, a noiva para a costura, dobra os panos direitinho, junta-os, estica o corpo para trás, discretamente para não destacar o volume dos seios.

– Está na hora, Vicente.

Ele tateia o chão com os pés à procura dos chinelos, levanta-se e vai se vestir para o jantar na casa da noiva. A família já está esperando, menos o irmão mais novo, que janta na loja de um prato que lhe mandam.

Ao jantar cada um fala do que viu ou fez durante o dia, o noivo só escuta. Ninguém se preocupa mais com ele, ninguém lhe pede opinião nem espera que ele abra a boca a não ser para comer, só a noiva o observa disfarçadamente, há nele certos hábitos que ela desaprova e que pretende corrigir – quando chegar a ocasião. Onde teria ele aprendido esse sistema de cortar a carne prendendo-a com o garfo verticalmente, polegar para cima, como se estivesse briquitando com o boi vivo?

Depois do jantar a família novamente se espalha, uns vão sentar-se à porta, outros saem a passeio. A empregada retira a mesa, mas os noivos continuam em seus lugares, ela corrigindo exercícios, ele olhando as mãos pousadas na toalha, ou traçando figuras imaginárias no tecido ou brincando com uma tesoura, um lápis, um objeto qualquer. Ela se contém ao máximo, por fim ordena:

– Sossega com isso, Vicente.

Ele sorri, empurra o objeto tentador para longe e volta a concentrar-se nas mãos, sempre novas para ele, sempre merecedoras de minuciosa atenção.

No verão, quando rolos de mariposas vêm rodar em volta da lâmpada e caem sobre a mesa, os cadernos, os cabelos dos noivos, ela põe uma vasilha d'água na mesa embaixo da lâmpada. Isso é ótimo para o noivo, assim ele pode passar o tempo entretido, acompanhando o esforço que as mariposas fazem para sair da água, torcendo por elas ou mesmo ajudando-as com o dedo ou com um lápis.

Antes de se recolher a empregada vem saber se precisam de alguma coisa. Se há sobra de café os noivos aceitam, Vicente recebe a sua xícara e vai mexendo o açúcar sem pressa, aparentemente esquecido da vida, mas na verdade muito atento ao que faz; quer dissolver o açúcar até o último vestígio.

— Quer derreter a colher, Vicente? Que coisa!

Ele encerra a operação açúcar e começa a operação espuma. É preciso catar toda a espuma, sem deixar uma bolha que seja.

— Quando você beber já está frio, Vicente.

Vicente descansa a colher no pires, não de qualquer jeito, mas estudadamente: não convém que ela resvale para o centro do pires quando a xícara for levantada. Agora já se pode beber, e ele bebe a sério, sem atropelo, como se estivesse provando pela primeira vez uma bebida desconhecida chamada café.

Corrigido o último caderno a professora os empilha pela ordem de colocação dos alunos na classe para facilitar a distribuição, não se deve dar pretexto para desordem na aula. E por hoje é só.

— Vamos dormir, não é, Vicente?

Vicente ainda se acanha de ouvir isso, a frase tem para ele uma ressonância que não parece muito correta. Será que ela diz isso de propósito? Não pode ser. Um dia ele cria coragem e mostra a impropriedade do convite. O assunto é delicado, exige tato.

Levantam-se ao mesmo tempo. Ele arruma a cadeira direitinho no alinhamento com as outras, ela alisa o vestido atrás e acompanha o noivo até a porta. A essa hora as cadeiras já foram recolhidas e não há mais ninguém na calçada, por isso não convém que eles se demorem sozinhos, é preciso cuidado com as más línguas.

— Até amanhã, não é?

— Até amanhã, Vicente.

Ele desce a rua em passos miúdos, e só depois que passa a área de luz do primeiro poste é que se autoriza a olhar para trás e acenar timidamente com a mão, isso se não está passando ninguém.

Ela entra, escora a porta com o peso de ferro, pensando no irmão que chega mais tarde, escova os dentes e vai dormir. Pode haver estrelas, vento, risos e ruídos na noite, mas tudo isso pertence a outro mundo. Cada um em sua cama, é possível até que os noivos sonhem, mas isso ainda não foi comprovado.

113

O LARGO DO MESTREVINTE

Já fazia bem umas duas horas que eu andava no sol quente da tarde, subindo e descendo, indo e voltando, sem nunca chegar. Se as indicações eram certas, o largo que eu procurava devia estar naquelas imediações, no fim de uma daquelas ruazinhas de casas novas – não tem o que errar, me disseram. Mas toda rua que eu seguia ia dar num terreno vazio ou em uma praça outra, de nome diferente, os nomes estavam lá nas placas para não deixar dúvida. Cheguei a pensar que o largo não existisse, mas antes de desistir resolvi perguntar ao menino.

O quartinho dele dava para a rua, e pelo jeito era também sala de estudo e de brinquedo: mapas e gravuras nas paredes, livros em cima da mesa e uma prateleirinha de caixote com a tinta ainda cheirando fresca, e no centro do quarto uma bancazinha de carpinteiro com serra, torno, furadeira, cepilhos, tudo arrumadinho certo. O menino estava cortando papel para fazer papagaio, o grude já pronto em uma lata em cima da mesa, com uma lasca de tábua dentro.

Encostei-me na janela e fiquei esperando que ele levantasse os olhos para mim, não queria assustá-lo com minha voz, assustando-se ele podia cortar o dedo com a tesoura, ou estragar o papel com um pique indesejável. Imaginei que bastaria eu ficar ali espiando para ele tomar conhecimento de mim antes de me ver; a redução da claridade, uma vibração diferente no ar, a minha respiração mesmo teriam que denunciar a presença de um estranho na janela.

Mas aquele menino ou estava muito distraído ou não se incomodava de ser observado. Com a armação de talas em cima do papel ele ia cortando meticulosamente, dando a folga para a dobra das margens, entortando o corpinho para acompanhar os ângulos e ajudando com a língua, que passava de um canto a outro da boca conforme a direção do corte.

Eu já estava meio sem jeito de continuar ali, o menino não olhava e eu não tinha nada que estar metendo o nariz em janela alheia. E se ele levantasse os olhos de repente e perguntasse o que era que eu estava cheirando ali, a minha resposta talvez não saísse convincente; tendo eu perdido muito tempo esperando, em vez de ter falado logo, ele ficava com o direito de duvidar de minha intenção, de atribuir propósitos que eu não tinha. Eu não devia deixar que ele falasse primeiro, era preciso que a iniciativa partisse de mim.

Tossi discretamente, mas numa altura capaz de chamar a atenção dele. Pois nem assim ele olhou. Pensei em ir saindo disfarçado, mas tive medo de tropeçar nos próprios pés e me ver na situação de uma pessoa que corre da goteira para cair na chuva. Criei coragem, tossi mais uma vez e falei alto:

– Desculpe interromper, nêgo. Você sabe onde fica o Largo do Mestrevinte?

Ele levantou os olhos tranquilamente, como se já estivesse esperando que eu falasse, e ficou me olhando distraído, parece que pensando em outra coisa, cálculos lá dele, de equilíbrio do papagaio, as pontas da tesoura voltadas para cima, a mão esquerda segurando o papel na mesa. Repeti a pergunta, ele piscou como acordando, fixou os olhos em minhas mãos no peitoral da janela.

– Deixe eu ver as suas unhas.

A princípio pareceu-me que a resposta dele estivesse condicionada a esse pedido; que ele só podia dar a informação depois de ver as minhas unhas. Que relação podia haver? Não, o mais provável é que ele estivesse fazendo outra pergunta, independente da minha. Mas então ele estava me tratando com pouco caso?

Depressa escondi as mãos nos bolsos, e compreendendo que estava perdendo tempo ali virei-me para sair. No virar notei que o menino pulava a janela e avançava para mim com a tesoura erguida. Recuei uns passos e levei a mão ao bolso de trás, como

115

tinha visto um homem fazer numa briga no mercado, só que o homem completou o gesto puxando uma garrucha, e eu queria apenas assustar o menino. O truque deu certo. O menino parou desapontado, abaixou a tesoura para eu ver que o perigo tinha passado e voltou de cabeça baixa para a sala, pulando a janela sem tocá-la com os pés, só apoiado nas mãos e jogando o corpo de lado. Arrependi-me de tê-lo assustado tanto, o menino era até simpático, mas o feito estava feito e eu não ia consertar nada.

E fiz bem porque quando virei a esquina percebi que ele já se comunicava com outros por meio de assovios, como eles fazem quando querem convocar uma reunião de emergência.

Entrei numa rua comprida, de casinhas recuadas entre árvores, eu só via muros e cercas e partes de telhados nos vãos da folhagem. Nem que eu tivesse asas não poderia alcançar o fim da rua antes que eles aparecessem organizados. Lembrei-me que os meninos daquela zona eram conhecidos pela ferocidade, não fazia muito tempo eles tinham enforcado um afiador de facas só porque ele não quis tocar *Escravos de Jó* com sua lâmina no esmeril; o homem ficou pendurado em um poste dias seguidos, os moradores da rua proibidos de tocar nele, até que numa noite de tempestade o corpo caiu e foi levado pela enxurrada.

Encontrei um portão aberto e entrei. Felizmente o jardinzinho era muito maltratado, cheio de capim alto dentro e em volta dos canteiros. Agachei-me numa moita e fiquei esperando que os meninos passassem.

A frente da casa estava fechada mas havia movimento nos fundos. Panelas chiavam no fogo, fumaça, cheiro de gordura, de alho fritando. Alguém estendia roupa numa corda, a corda balançava com umas peças já penduradas. No capim perto da corda estava uma bacia com espuma de sabão. Uma galinha catava qualquer coisa no capim, contando o que engolia: depois de cada bicada soltava um estalo – coc, coc, coc.

Notei tudo isso de relance, o meu sentido estava era nos meninos, eles já vinham subindo a rua montados em bicicletas, os pneus mordendo o chão, pedrinhas estalando no metal dos para--lamas. Um boleava um laço, que zunia no ar por cima do muro. Esperei até não ouvir mais nenhum sinal deles, e saí do esconderijo. O sol batia forte e claro desse lado da rua, eu precisava apertar os olhos para poder enxergar. Voltei pelo mesmo caminho, decidido a não procurar mais. E pensar que eu podia ter passado inúmeras vezes a pouca distância do bendito largo, ele estava ali naquelas imediações, outros o tinham achado, lá morava gente, lá chegavam cartas, encomendas, notícias. Eu só é que estava impedido de pisar o seu chão.

OS CASCAMORROS

O que chamava atenção não era tanto a frase, mas a posição que o pintor deu às letras. Umas ficavam deitadas, outras de cabeça para baixo, outras eram vistas meio de lado, só umas duas ou três apareciam na posição certa, e o "S" vinha sempre de costas. E o mais curioso era que as letras nem estavam na ordem certa, e muito menos no alinhamento. Verdade que ninguém precisava forçar a cabeça para decifrar o que diziam, a frase saltava aos olhos quase que instantaneamente: COMPRA-SE, TROCA-SE PROBLEMAS. Eu passava ali frequentemente sem atentar para o significado do letreiro – até que um dia a curiosidade feriu-me de repente e resolvi entrar para ver que espécie de negócio se contratava naquela loja.

Eu não sabia que lá dentro era tão escuro, nem que havia uns degraus de tábuas para descer. Se não me agarrasse a umas coisas que estavam penduradas nos portais teria caído de cara no chão. Equilibrei-me mas derrubei tudo – vassouras, espanadores, chocolateiras – em cima de um gato que devia estar dormindo ao pé dos degraus e que saltou bufando para cima do balcão e daí para a sobreloja.

Eu estava ainda atrapalhado com os objetos embaraçantes e barulhentos quando um senhor miúdo de colete xadrez veio lá de dentro piscando muito e ajeitando os óculos.

– O senhor me desculpe. Eu não sabia dos degraus e...

– Não vem ao caso. Não vem ao caso – assegurou ele com certo mau humor. – O senhor deseja?...

A frase ficou suspensa numa interrogação antipática, enquanto eu pensava se queria realmente conversar com ele ou se faria melhor virando as costas e saindo. Ele deve ter notado a minha inclinação à desistência, porque logo mudou de tática:

– Não se incomode com essas tralhas. Ainda não tive tempo de arranjar lugar melhor para elas. Em todo caso, antes caiam as vassouras do que os clientes – e sorriu como para mostrar que o bem-estar dos clientes vinha primeiro.

Não sabendo o que ele queria dizer por cliente, não me senti lisonjeado. Empurrei as coisas para um lado com o pé mais para ter o que fazer do que para limpar o caminho, e avancei até o balcão. Mesmo notando que ele me estudava com seus olhinhos aguçados, olhei em volta para ver se deduzia alguma coisa pelo que estivesse à mostra na loja. Em cima do balcão só havia um rolo de fumo montado numa carretilha; e nas prateleiras, que iam quase até o teto, umas caixas enormes de madeira numeradas. O que ele tivesse ali estava bem escondido.

– É melhor o senhor perguntar logo onde é que os guardo – disse ele com um sorriso paciente. – Essa é a pergunta que todos fazem.

Tive de confessar que realmente isso era uma coisa que eu gostaria de saber. Ele sacudiu a cabeça e disse que era mau sinal; se eu tinha vagar para essa curiosidade, o meu interesse era apenas acadêmico.

– O senhor me desculpe – completou ele – mas eu estou aqui para ajudar, não para distrair.

Achei a observação meio fora de propósito, mas pensando na idade do homem resolvi deixá-la passar. Também para ser justo eu devia admitir que ele tinha razão: imagine-se o pobre homem talvez reumático, talvez cardíaco, com a vista falhando, preso atrás do balcão na loja escura, explicando tudo direitinho a cada curioso que entrasse – e sem o direito de irritar-se uma vez ou outra! Tive pena dele por ter escolhido um ramo tão excêntrico, se é que não se viu metido nele contra a vontade. Senti uma necessidade urgente de ser gentil com ele, de não lhe agravar as atribulações. Disse-lhe que embora fosse verdade que eu havia entrado ali por simples curiosidade, isso não queria dizer que eu não pudesse ser cliente um dia, qualidade que ele mesmo me atribuíra momentos antes.

119

– Quando eu tiver o que vender ou trocar – prometi – pode ficar certo que lhe darei preferência.
– Quando tiver? Tem certeza de poder falar assim? No futuro? Pense bem.

A sem-cerimônia da observação desconcertou-me, e devo mesmo ter corado; felizmente ele não pôde notar essa minha vulnerabilidade devido à escuridão da loja.

– Bom... que eu saiba... – gaguejei por fim.
– É sempre assim. Eles nunca sabem de nada! – exclamou o velhinho com uma desolação que me pareceu exagerada. – Por que não podem ser sinceros ao menos uma vez na vida? Entram aqui como quem não quer nada, rodeiam, disfarçam, perguntam e acabam eles mesmos tomando o metro ou a balança e tocam a medir e pesar, e ainda infestam na medida!

Vendo que ele se irritava com as próprias palavras – as últimas saíram quase berradas – procurei acalmá-lo, mas ele não me dava atenção. Bufando, e tossindo, abaixou-se atrás do balcão e apanhou uma balança, que empurrou bruscamente para perto de mim.

– Está aí. Pese. Quero ver quanto valem.

Pensei que ele esperasse de mim alguma espécie de representação, e apesar de não ter muito jeito para representar senti-me inclinado a atender. A dificuldade era que não sabia como começar, que gestos fazer nem de onde devia tirar a mercadoria – se dos ombros, dos bolsos ou da cabeça. E o velhinho observando, esperando. Olhei a balança, uma dessas de pratos, ponteiro e mostrador. Experimentei-a com a mão, não para ver se estava funcionando mas para me dar tempo de pensar. Infelizmente ele interpretou mal esse gesto e explicou, ofendido:

– Foi aferida, sim senhor. Não tenha receio que aqui não se lesa ninguém.

Eu estava mesmo com pouca sorte. Se tivesse me oferecido um metro em vez de uma balança eu poderia fazer os gestos que ele esperava de mim sem denunciar a minha atrapalhação. Porque só há um jeito de medir com metro, que é juntar e separar repetidamente os polegares, tocando com eles as extremidades do metro.

Quando já me parecia que a única saída seria expor francamente a minha atrapalhação, ele virou o mostrador da balança para o lado dele, tirou um caderninho com lápis do bolso do colete, consultou o mostrador e disse:

– É. Mais ou menos o que eu calculei. Errei por pouco – assentou qualquer coisa no caderno, disse olhando-me por cima dos óculos: – É só o que podemos fazer por enquanto. Só trabalhamos em consignação.

Como eu continuasse sem entender, era natural que mostrasse espanto.

– Essa tem sido a nossa norma – disse ele defensivamente. – Foi traçada pelos fundadores, e eu não vejo vantagem em modificá-la. Se o senhor não está de acordo... – fez um gesto que tomei como significando que eu poderia levar a mercadoria de volta.

Antes que eu tivesse tempo de dizer o que penso da conveniência das normas para qualquer negócio bem organizado, um homem alto, de braços compridos e avental de couro entrou na loja, curvando-se para passar na porta.

– A carga está aí – disse ele ao velhinho, coçando a cabeça meio inclinada e olhando qualquer coisa entre as unhas.

– Quanto hoje? – perguntou o velho não muito interessado.

– Vinte sacos.

– Descarrega – disse o velho suspirando, como se a descarga não fosse de seu agrado e ele nada pudesse fazer em outro sentido.

– O senhor vê – disse para mim. – O mercado hoje é vendedor. Ninguém quer comprar. Se ainda estamos abertos é por honra da firma. Já não tenho onde empilhar tanto saco.

Perguntei o que ele fazia em caso de deterioração, ele assegurou-me que praticamente não havia perda; a deterioração era mínima, não tinha peso estatístico. Felicitei-o por essa vantagem, ele respondeu que o caso era mais para lamentar do que para exultar.

– Se houvesse deterioração, poderíamos nos livrar de alguns sacos de vez em quando atirando-os em alguma vala. Mas assim... não sei onde iremos parar.

O homem de avental já estava descarregando os sacos, passando com eles por dentro da lojinha acanhada, derrubando caixas das prateleiras, empacando com eles nas portas estreitas. Umas duas ou três vezes tive de ajudá-lo a desembaraçar um saco mais bojudo, forçando-o a socos e aproveitando o pretexto para sentir a consistência da mercadoria. (Não cheguei a uma conclusão, os sacos pareciam levar farinha ou areia fina.)

Perguntei o que aconteceria se um daqueles sacos se rasgasse e derramasse a mercadoria. O velhinho olhou-me apavorado, bateu três vezes com os nós dos dedos no balcão.

– Brinca não. Seria um desastre. Todo mundo teria que fugir com a roupa do corpo.

– Sério assim?

– Então! O meu amigo parece que ainda não entendeu. Isso espalha como jiquitaia, entra pelos poros, inutiliza a pessoa. Só escapam os que têm couraça natural invisível, os chamados cascamorros. Fale em derramar isso não, nem brincando. Que horror! Não ganhei para o susto.

E sentou-se arrasado num tamborete, sacudindo a cabeça e abanando-se ofegante.

O GALO IMPERTINENTE

Todo mundo sabia que se andava construindo uma estrada naquela região, pessoas que se aventuravam por lá viam trabalhadores empurrando carrinhos, manobrando máquinas ou sentados à sombra, cochilando com o chapéu no joelho ou comendo de umas latas que a empresa fornecia, diziam que eram rações feitas em laboratórios, calculadas para dar o máximo de rendimento com o mínimo de enchimento. Quem viajava de automóvel conseguia interromper a atividade dos engenheiros, eles vinham solícitos com o capacete na mão dar explicações, mostrar o projeto no papel, esclarecer o significado de certos sinais que só eles entendiam. Mas a obra estava demorando tanto que nos habituamos a não esperar o fim dela; se um dia a boca da estrada amanhecesse com uma tabuleta novinha convidando o povo a passar, acho que ninguém acreditaria, imaginando tratar-se de brincadeira.

Com o passar do tempo os engenheiros foram ficando nervosos e mal-humorados, dizia-se que eles desmanchavam e refaziam trechos enormes da estrada por não considerá-los à altura de sua reputação. Eles não estavam ali construindo uma simples estrada; estavam mostrando a que ponto havia chegado a técnica rodoviária. Houve protestos, denúncias, pedidos de informação, mas como as autoridades não sabiam mais de que estrada se tratava, nenhuma resposta era dada; e mesmo que respondessem seria em linguagem tão técnica que ninguém entenderia, nem os mais afamados professores, todos por essa altura já desatualizados com a linguagem nova.

Quem tinha de atravessar a região ia abrindo picadas pelo mato, passando rios com água pelo peito, subindo e descendo

123

morros cobertos de malícia e unha-de-gato. Quando se perguntava a um engenheiro mais acessível quando era que a estrada ia ficar pronta, ele fechava a cara e dizia secamente que a estrada ficaria pronta quando ficasse.

Um dia – as preocupações eram outras, ninguém pensava mais no assunto – anunciaram que a estrada afinal estava pronta e ia ser inaugurada. Depois de uma inspeção preliminar feita altas horas da noite à luz de archotes (com certeza para evitar entusiasmos prematuros) marcou-se o dia da inauguração com a passagem de uma caravana oficial.

O povo não pôde ver a estrada de perto nesse dia, tivemos que ficar nas colinas das imediações, havia guardas por toda parte com ordem de não deixar ninguém pisar nem apalpar. Muita gente levou binóculos e telescópios, os telescópios eram difíceis de armar devido à irregularidade do terreno, mas os donos acabaram dando um jeito e conseguindo focalizar a estrada. Quem não tinha aparelhos óticos arranjou-se da melhor maneira, fazendo óculos com as mãos ou simplesmente levando a mão à testa para vedar um pouco a claridade do sol que o asfalto refletia com violência.

Mesmo de longe via-se que a estrada era uma obra magnífica. Havia espaço arborizado entre as pistas, as árvores ainda pequenas mas prometendo crescer com vigor; trilhas para ciclistas, caminhos para pedestres. As pontes eram um espetáculo, e tantas que se podia pensar que tinham sido feitas mais para mostrar competência do que para resolver problemas de comunicação; em todo caso lá estavam bonitas e sólidas, pelo menos de longe.

Diante da imponência da estrada, com suas pontes, túneis e trevos, o povo esqueceu a longa espera, herança de pais a filhos, esqueceu os parentes e amigos que haviam morrido sem ver aquele dia, esqueceu as voltas que teve de dar, e agora só cuidava de elogiar o trabalho dos engenheiros, o escrúpulo de não entregarem uma obra feita a três pancadas. Alguém sugeriu a colocação de uma placa na estrada, com os nomes de todos os que haviam trabalhado nela, mas quando se descobriu que não havia oficina capaz de fazer uma placa do tamanho necessário, não se falando na massa de pesquisa que seria preciso para um levantamento completo, as buscas em documentos antigos, a ideia foi abandonada por inviável.

É triste dizer, mas a euforia durou pouco. Logo depois da inauguração certas coisas começaram a acontecer, parece mesmo que já no dia seguinte. Pessoas que iam experimentar a excelência da estrada voltavam assustadas jurando nunca mais passar lá – quando não caíam num mutismo de fazer dó, como se tivessem sofrido um abalo muito grande por dentro. E não podia ser invenção, todos os informes coincidiam.

Os viajantes contavam que iam indo muito bem pela estrada, embalados pela lisura do asfalto, quando de repente, saído não se sabe de onde, um galo enorme aparecia diante do carro. Não adiantava tocar buzina, ele não se desviava; nem adiantava aumentar a velocidade, ele não se deixava apanhar. Era como se ele fosse puxando o carro para um embasamento de ponte, uma árvore, um marco quilométrico. Quando o motorista conseguia manobrar e escapar do desastre, o galo aplicava outro expediente: saltava para cima do carro e martelava a capota com o bico, e com tanta força que perfurava o aço, deixando o carro como se um malfeitor o tivesse atacado a picareta.

Nunca se chegou a acordo quanto ao tamanho do galo, as descrições feitas pelos viajantes emocionados iam de pinto a jumento. Talvez cada um tivesse sua razão: quem poderia afirmar que ele não escolhesse um tamanho para cada ocasião? As muitas expedições formadas para apanhá-lo acabaram em completo fracasso. Chegaram a levar redes de pesca manejadas por pescadores exímios, mas sempre o galo escapava pelos vãos da malha. Depois dos pescadores foi a vez dos caçadores, equipados com armas do último tipo; chegavam, tomavam posição, apontavam – erravam; quando acertavam, em vez de verem o espalhar de penas ouviam um guincho de ricochete, mais nada.

Como último recurso apelou-se para o ministério da guerra. Primeiro mandaram um canhão pesado, que só serviu para abrir rombos no leito da estrada. Depois recolheram o canhão e mandaram um tanque com ordem de destruir o galo de qualquer maneira.

Quando o galo apareceu, o tanque perseguiu-o por uma certa distância, como querendo dar-lhe uma oportunidade de fugir inteiro e não voltar. Parece que o galo não entendeu, e continuou fagueiro pensando que estava arrastando o tanque para algum abismo. Os soldados perderam a paciência e abriram fogo, vários disparos a curta distância. O galo não foi atingido, mas o tanque começou a soltar fumaça pelas juntas, rolos cada vez mais escuros, de repente deu um estouro abafado, como de jaca caindo, e pegou fogo de uma vez. Quando as labaredas cessaram, no chão só ficou um monte de metal fundido.

Ninguém quis mais usar a estrada, ela foi ficando esquecida e hoje é como se nunca tivesse existido. Se um dia uma raça de homens novos derrubar a mata que lá existir, certamente notará aquela trilha larga coberta de capim e plantas rasteiras; e investigando mais para baixo descobrirá a capa de asfalto, os túneis, as pontes, os trevos e tudo o mais, e não deixará de admirar a perfeição com que se construíam estradas neste nosso tempo. Naturalmente tomarão fotografias, escreverão relatórios, armarão teorias para explicar o abandono de uma estrada tão bem acabada. O monte de metal fundido será um enigma, mas algum sábio o explicará como pedaço de planeta caído do alto espaço; talvez o levem para um museu e incrustem uma placa nele para informação dos visitantes.

Quanto ao galo impertinente, se ainda existir seria interessante, saber que explicações os descobridores encontrarão para ele e que fim lhe destinarão – mas isso, reconheço, é uma indagação que está muito além do alcance atual da nossa imaginação.

O CACHORRO CANIBAL

Percebia-se que era um cachorro por causa do rabo metido rente entre as pernas, quase colado na barriga, e também um pouco por causa dos olhos, de uma tristeza tão funda que só podiam ser olhos de cachorro escorraçado. As patas não se fumavam no chão como as de qualquer cachorro razoavelmente seguro de si; pisavam a medo, apalpando experimentando. (Depois se soube que ele tinha perdido os cascos pelos caminhos, ficando as plantas em carne viva.) De onde estaria vindo, ninguém se interessou em saber; ele apenas parou ali, lamentável e infeliz, muito cansado para continuar andando. Apareceu de manhã, e quem o viu deitado numa nesga de grama debaixo do jasmineiro pensou em um cão errante, igual a tantos que cruzam o mundo em todas as direções, parando e farejando mas sempre em marcha, como se incumbidos de alguma missão urgente, cujo endereço e propósito só eles sabem; nem valia a pena providenciar comida, provavelmente ele não estaria mais lá quando a comida chegasse.

Mas aquele parecia não ter pressa ou intenção de seguir, e lá ficou deitado de lado, não propriamente descansando porque as moscas não deixavam, mas fazendo o possível por conseguir algum sossego.

Via-se que estava faminto, mas o cansaço impressionava mais, talvez devido a seu litígio incessante com as moscas. Às vezes ele parecia pensar que pudesse acomodar a cabeça entre as patas e deixar ao resto do corpo o trabalho de repelir os inimigos. O rabo não parava de açoitar o ar, e todo o pelo tremia repuxado pelas contrações dos músculos; mas essa estratégia era logo descoberta e as moscas concentravam o ataque na cabeça e nas orelhas. Eram tantas e tão insistentes que ele não podia ignorá-las por muito tempo: bocava o ar indignado e às vezes até se levantava de um pulo para poder persegui-las melhor – mas a dor causada pelos talos de grama nas plantas desprotegidas advertia-o de que ele não estava em condições de ser muito enérgico.

Uma criança da casa viu-o ainda no mesmo lugar lá pelo meio da tarde e levou-lhe uns restos de comida. Ele estudou o menino com olhos desconfiados e concluiu que não havia perigo daquele lado. Comeu, lambeu o prato, balançou o rabo para mostrar que apreciara a gentileza. Deve ter passado a noite no mesmo lugar, mas ninguém ouviu latidos nem uivos. De manhãzinha chamaram-no para dentro e o menino deu-lhe um banho na torneira do pátio. Ele não resistiu nem criou dificuldades, era o primeiro a reconhecer a necessidade de limpeza, sabia que um cachorro limpo leva vantagem por onde anda.

Com o banho ele começou a levantar o rabo, primeiro por ter recuperado um pouco da dignidade, segundo por suspeitar que dentro de pouco haveria mais comida. Quando um cachorro errante é levado para dentro de uma casa e recebe o luxo de um banho, a sequência lógica é um prato de comida.

Mas aí começa também a fase difícil das relações entre cão e gente. Como esperava, ele recebeu o seu almoço; e não tendo sido enxotado, interpretou a situação como significando que seria tolerado. Mas pode um cão contentar-se com a simples tolerância? Quando se sente apenas tolerado, um cão de respeito tem dois caminhos a seguir: ou exige atenção, ou vai embora para outro lugar onde possa se impor. A retirada é sempre humilhante, ele sabe que no momento em que vira as costas começou o esquecimento – isso se não acontece o pior: nem percebem que ele se foi; muito tempo depois é que alguém indaga distraidamente, "é verdade, que fim levou aquele cachorro que andava por aí?" Farejando o ambiente ele percebeu que podia escolher o primeiro caminho com grande probabilidade de êxito.

Para começar, era preciso não exagerar na gratidão. Se um cachorro mostra muita gratidão as pessoas podem pensar que ele não está habituado com bom trato e acabam relaxando nas atenções; nesse caso não há maais esperança para ele naquela casa. A melhor maneira de impor-lhes respeito é fazê-las pensar. Quando alguém pensa, "o que é que esse miserável julga que é? O Rei do Mundo?", o cachorro pode ficar descansado que o seu lugar está garantido. Em vez de se atirar aos pés da primeira pessoa que lhe estala os dedos, o cachorro ajuizado deve mostrar uma certa frieza. Só depois que a pessoa insistir é que ele deve atender, assim mesmo sem pressa. Se não houver insistência o cachorro nada terá a perder; pelo contrário, convém sempre desconfiar das que não insistem. Aplicando todas as suas habilidades na fase difícil dos primeiros contatos ele conseguiu fazer-se notado e respeitado. Em pouco tempo já estava dormindo onde bem quisesse, sem receio de que o pisassem ou enxotassem. Esta é a grande prova de prestígio canino: não ser tocado do lugar que escolheu para deitar-se.

E gostaram tanto dele na casa que estragaram tudo com a solicitude de amaciar-lhe a vida. Vendo-o brincar sozinho no jardim alguém lembrou-se de arranjar-lhe um companheiro menor. Pensaram que assim ele ficaria mais feliz, e de fato ficou – por algum tempo. Passava horas rolando com o menorzinho na grama, ensinando-o a viver e a ser respeitado, e quem os via embolados no chão pensava: "Que graça! Até parecem irmãos!" E como aprendia depressa aquele ladrãozinho malhado!". Em pouco tempo já estava passeando de colo, aliás uma lição que o maior não ensinou. Aproveitando-se da inocência do cãozinho as pessoas da casa conquistaram-no completamente, numa inversão ridícula de papéis. Dava engulhos ver a sofreguidão dele atendendo os chamados mais absurdos, a humildade na aceitação de censuras e castigos. Aquele estado de coisas não podia acabar bem. Mais dia menos dia...

A situação agravou-se quando começaram a tomar liberdades com o cão maior, decerto inspirados pela intimidade excessiva que mantinham com o outro. Já não o deixavam dormir onde quisesse, e não escondiam o desgosto de vê-lo dentro de casa. Ele ia suportando tudo com paciência, esperando que a loucura passasse.

Mas não há paciência que resista a abusos.

Ele estava dormindo de patas pra cima no canto de uma varanda ladrilhada, nem era no meio ou na passagem, mas no canto, ninguém podia dizer que estivesse obstruindo. Mesmo assim alguém achou de encher a boca de água e vir de mansinho esguichá-la nele. Ora, isso assusta e aborrece. Num rápido movimento rolado ele ergueu-se e ficou parado sem compreender; mas a água escorrendo pelas pernas e a pessoa enxugando a boca e olhando com olhos maldosos diziam tudo. Foi uma traição mesquinha, mas mesmo assim ele achou melhor não perder a compostura, não latiu nem fez escândalo. Retirou-se com relativa dignidade para a sombra do jasmineiro. A ideia veio de repente, já como decisão. O ladrãozinho malhado tinha acabado de tomar banho e espojava-se ao sol a poucos metros de distância. O outro levantou-se da sombra, esticou as patas dianteiras ao comprido do corpo, como se fosse deitar-se noutra posição, mas era apenas para se espreguiçar; abriu a boca num bocejo enorme e caminhou para o pequenino. Quando esse, que estava deitado de costas dando coices para o ar, sentiu aquela pata pesada no peito, julgou tratar-se de alguma brincadeira e ainda rosnou de brinquedo. A primeira dentada feriu-o na carne mole do ventre. Achando a brincadeira muito bruta ele decidiu retirar-se, rosnando e mordendo o outro no pescoço, mas o queixinho novo não tinha força para fazer mal, e o outro prosseguiu com o seu projeto, começando pelas partes tenras, com certeza já de cálculo para não sair perdendo caso se fartasse antes ou tivesse que fugir por motivo de força maior. Mas ninguém veio acudir, aqueles dois viviam brigando e fazendo as pazes. Quando ele começou a enjoar só restavam os ossos mais duros e uma mancha de sangue na grama. Os ossos ele carregou para longe, escondeu, enterrou; o sangue ficou como enigma para as pessoas da casa.

Se ele pensava que ia ser feliz daí por diante, deve ter omitido em seus cálculos algum elemento muito importante; porque desde esse dia ele mudou completamente, a ponto de parecer outro cachorro. É claro que as pessoas da casa interpretavam a mudança como consequência da perda do companheiro (o que não deixava de ser) e combinaram ter paciência com ele.

Dava pena vê-lo de cabeça baixa, num ir e vir incessante, sem encontrar sossego em parte alguma. Mesmo quando parecia descansar, deitado de lado em um tapete, o bojo das costelas arfando compassado, o brilho do pelo ondulando com a respiração, podia-se ver que o repouso era aparente. Olhando bem, via-se que os músculos nunca estavam em completo descanso, havia neles uma constante trepidação, um zumbir de alta voltagem. Bastava um ruído distante, um leve toque, mesmo de uma penugem pousando, para ele saltar nas quatro patas, as orelhas armadas, os olhos furando o tempo – o que acontecia também sem nenhuma razão aparente.

Por uma misteriosa repulsão as pessoas passaram a evitá--lo, não lhe afagavam mais a cabeça, não lhe alisavam o pelo, ninguém lhe amarrotava as orelhas para ouvi-lo ganir, o que é também uma forma de mostrar a um cão que se gosta dele. Agora era só respeito, um respeito apreensivo. Às vezes ele se instalava numa passagem, parece que desejando que o maltratassem, que o enxotassem, que o humilhassem; mas o que se via era as pessoas tomarem trabalho para não incomodá-lo, se afastarem para lhe dar passagem. Não sabendo chorar ele procurava gastar a angústia caminhando sem parar, talvez na esperança de se cansar e cair de vez. E quanto mais se movimentava, mais dava a impressão de estar contido entre barras de uma jaula.

A MÁQUINA EXTRAVIADA

Você sempre pergunta pelas novidades daqui deste sertão, e finalmente posso lhe contar uma importante. Fique o compadre sabendo que agora temos aqui uma máquina imponente, que está entusiasmando todo o mundo. Desde que ela chegou – não me lembro quando, não sou muito bom em lembrar datas – quase não temos falado em outra coisa; e da maneira que o povo aqui se apaixona até pelos assuntos mais infantis, é de admirar que ninguém tenha brigado ainda por causa dela, a não ser os políticos.

A máquina chegou uma tarde, quando as famílias estavam jantando ou acabando de jantar, e foi descarregada na frente da Prefeitura. Com os gritos dos choferes e seus ajudantes (a máquina veio em dois ou três caminhões) muita gente cancelou a sobremesa ou o café e foi ver que algazarra era aquela. Como geralmente acontece nessas ocasiões, os homens estavam mal-humorados e não quiseram dar explicações, esbarravam propositalmente nos curiosos, pisavam-lhes os pés e não pediam desculpa, jogavam pontas de cordas sujas de graxa por cima deles, quem não quisesse se sujar ou se machucar que saísse do caminho.

Descarregadas as várias partes da máquina, foram elas cobertas com encerados e os homens entraram num botequim do largo para comer e beber. Muita gente se amontoou na porta mas ninguém teve coragem de se aproximar dos estranhos porque um deles, percebendo essa intenção nos curiosos, de vez em quando enchia a boca de cerveja e esguichava na direção da porta. Atribuímos essa esquiva ao cansaço e à fome deles e deixamos as tentativas de aproximação para o dia seguinte; mas quando os procuramos de manhã cedo na pensão, soubemos que eles tinham montado mais ou menos a máquina durante a noite e viajado de madrugada.

A máquina ficou ao relento, sem que ninguém soubesse quem a encomendou nem para que servia. É claro que cada qual dava o seu palpite, e cada palpite era tão bom quanto outro. As crianças, que não são de respeitar mistério, como você sabe, trataram de aproveitar a novidade. Sem pedir licença a ninguém (e a quem iam pedir?), retiraram a lona e foram subindo em bando pela máquina acima – até hoje ainda sobem, brincam de esconder entre os cilindros e colunas, embaraçam-se nos dentes das engrenagens e fazem um berreiro dos diabos até que apareça alguém para soltá-las; não adiantam ralhos, castigos, pancadas; as crianças simplesmente se apaixonaram pela tal máquina.

Contrariando a opinião de certas pessoas que não quiseram se entusiasmar, e garantiram que em poucos dias a novidade passaria e a ferrugem tomaria conta do metal, o interesse do povo ainda não diminuiu. Ninguém passa pelo largo sem ainda parar diante da máquina, e de cada vez há um detalhe novo a notar. Até as velhinhas de igreja, que passam de madrugada e de noitinha, tossindo e rezando, viram o rosto para o lado da máquina e fazem uma curvatura discreta, só faltam se benzer. Homens abrutalhados, como aquele Clodoaldo seu conhecido, que se exibe derrubando boi pelos chifres no pátio do mercado, tratam a máquina com respeito; se um ou outro agarra uma alavanca e sacode com força, ou larga um pontapé numa das colunas, vê-se logo que são bravatas feitas por honra da firma, para manter fama de corajoso.

Ninguém sabe mesmo quem encomendou a máquina. O prefeito jura que não foi ele, e diz que consultou o arquivo e nele não encontrou nenhum documento autorizando a transação. Mesmo assim não quis lavar as mãos, e de certa forma encampou a compra quando designou um funcionário para zelar pela máquina.

Devemos reconhecer – aliás todos reconhecem – que esse funcionário tem dado boa conta do recado. A qualquer hora do dia, e às vezes também de noite, podemos vê-lo trepado lá por cima espanando cada vão, cada engrenagem, desaparecendo aqui para reaparecer ali, assoviando ou cantando, ativo e incansável. Duas vezes por semana ele aplica caol nas partes de metal dourado, esfrega, sua, descansa, esfrega de novo – e a máquina fica faiscando como joia.

Estamos tão habituados com a presença da máquina ali no largo, que se um dia ela desabasse, ou se alguém de outra cidade viesse buscá-la, provando com documentos que tinha direito, eu nem sei o que aconteceria, nem quero pensar. Ela é o nosso orgulho, e não pense que exagero. Ainda não sabemos para que ela serve, mas isso já não tem maior importância. Fique sabendo que temos recebido delegações de outras cidades, do estado e de fora, que vêm aqui para ver se conseguem comprá-la. Chegam como quem não quer nada, visitam o prefeito, elogiam a cidade, rodeiam, negaceiam, abrem o jogo: por quanto cederíamos a máquina. Felizmente o prefeito é de confiança e é esperto, não cai na conversa macia.

Em todas as datas cívicas a máquina é agora uma parte importante das festividades. Você se lembra que antigamente os feriados eram comemorados no coreto ou no campo de futebol, mas hoje tudo se passa ao pé da máquina. Em tempo de eleição todos os candidatos querem fazer seus comícios à sombra dela, e como isso não é possível, alguém tem de sobrar, nem todos se conformam e sempre surgem conflitos. Felizmente a máquina ainda não foi danificada nesses esparramos, e espero que não seja.

A única pessoa que ainda não rendeu homenagem à máquina é o vigário, mas você sabe como ele é ranzinza, e hoje mais ainda, com a idade. Em todo caso, ainda não tentou nada contra ela, e ai dele. Enquanto ficar nas censuras veladas, vamos tolerando; é um direito que ele tem. Sei que ele andou falando em castigo, mas ninguém se impressionou.

Até agora o único acidente de certa gravidade que tivemos foi quando um caixeiro da loja do velho Adudes (aquele velhinho espigado que passa brilhantina no bigode, se lembra?) prendeu a perna numa engrenagem da máquina, isso por culpa dele mesmo. O rapaz andou bebendo em uma serenata, e em vez de ir para casa achou de dormir em cima da máquina. Não se sabe como, ele subiu à plataforma mais alta, de madrugada rolou de lá, caiu em cima de uma engrenagem e com o peso acionou as rodas. Os gritos acordaram a cidade, correu gente para verificar a causa, foi preciso arranjar uns barrotes e labancas para desandar as rodas que estavam mordendo a perna do rapaz. Também dessa vez a máquina nada sofreu, felizmente. Sem a perna e sem o emprego, o imprudente rapaz ajuda na conservação da máquina, cuidando das partes mais baixas.

Já existe aqui um movimento para declarar a máquina monumento municipal – por enquanto. O vigário, como sempre, está contra; quer saber a que seria dedicado o monumento. Você já viu que homem mais azedo?

Dizem que a máquina já tem feito até milagre, mas isso – aqui para nós – eu acho que é exagero de gente supersticiosa, e prefiro não ficar falando no assunto. Eu – e creio que também a grande maioria dos munícipes – não espero dela nada em particular; para mim basta que ela fique onde está, nos alegrando, nos inspirando, nos consolando.

O meu receio é que, quando menos esperarmos, desembarque aqui um moço de fora, desses despachados, que entendem de tudo, olhe a máquina por fora, por dentro, pense um pouco e comece a explicar a finalidade dela, e para mostrar que é habilidoso (eles são sempre muito habilidosos) peça na garagem um jogo de ferramentas e sem ligar a nossos protestos se meta por baixo da máquina e desande a apertar, martelar, engatar, e a máquina comece a trabalhar. Se isso acontecer, estará quebrado o encanto e não existirá mais máquina.

TARDE DE SÁBADO, MANHÃ DE DOMINGO

O erro começou quando aceitamos o convite de Josias. Mas também pode ser que aceitar era o papel estipulado para nós naquele dia. Quem diz que tudo o que vai acontecendo na vida das pessoas não já aconteceu para elas muito tempo antes, e elas só têm que ir cumprindo as passagens marcadas, sem poderem desobedecer? Pode ser que seja como no cinema: a fita já foi feita, não adianta torcer por um lado nem por outro; a torcida não altera o fim. Mesmo assim, penso que o erro começou quando aceitamos o convite de Josias.

Depois do almoço eu preparei a vara de anzol e a latinha das minhocas e fiquei atento. Quando ouvi o assovio combinado avisei minha mãe e fui encontrar Rosendo e Dorico na esquina. Dessa vez a gente ia experimentar o Poço da Manjerona, lugar fundo, perigoso, mas muito carregado de peixe. Merenda não era preciso, lá não faltava juá, veludinho, amora; mesmo assim passei na venda de Horacinho Conde e comprei seis garrafinhas de cacau com licor dentro, duas para cada um, porque na certa Rosendo e Dorico iam levar doces, biscoitos, e eu não queria ficar só no venha a nós.

A areia fina do caminho parece que tinha acabado de sair do forno, era a gente erguer um pé e o outro já estava ardendo pedindo socorro, íamos pulando e catando os poucos tufos de capim que apareciam aqui e ali. Mas foi bom porque ninguém parou para olhar passarinho, jogar pedra em calango, pegar borboletas, essas bobagens que só servem para atrasar pescaria.

A água funda parada, fresca na sombra das folhagens, não era para ser desperdiçada naquele calor. Eu dei a ideia de suma caída, Dorico aprovou e foi tirando a roupa; Rosendo falou em perigo de congestão, mas ele estava era com medo do poço que já tinha matado a Manjerona, isso eu percebi e fiquei meio com medo também. Olhei Dorico marcando pulo e pulando, acabei de tirar a roupa e pulei atrás sem pensar. Por ter medo de doença, quarto escuro e outras coisas Rosendo até que era chamado de Rosinha, e eu não queria que mudassem o meu nome, que era fácil de amulherar.

Demos só uma caída para não espantar os peixes, pulando um pouco para ajudar o corpo a secar e vestimos a roupa, cada um iscou o seu anzol e começamos a pescaria. A bandeja formada na água pela queda do meu anzol ainda não tinha se desmanchado e um peixe já mordia a isca. Fisguei depressa, puxei um lambari, mas tão pequeno que soltei de novo.

– Jogou fora? Tudo serve! – disse Rosendo penalizado.

Eu disse que se aquele lambarizinho fosse pegado no meio da pescaria eu não me incomodava de ficar com ele, mas para o primeiro só servia um grande.

Daí a pouco a linha de Rosendo esticou, ele fez força, a vara amolgou. Seria matrinxã?

– Dá um arranco! Está esperando o quê? – disse Dorico nervoso.

Rosendo obedeceu, a vara quase quebrou. Ele pegou pela linha, puxou, saiu uma bainha de facão fisgada pela alça. Eu e Dorico rimos, Rosendo fechou a cara, jogou a bainha no mato atrás dele.

Ficamos ali tirando e jogando o anzol, nenhum peixe mordia. Rosendo disse que a culpa era minha e de Dorico, com a nossa mania de tomar banho tínhamos espantado os peixes. Dorico resmungou que pescaria é assim mesmo, quem não tem paciência não deve se aventurar; pescar não é apanhar jabuticaba.

Eu já estava com vontade de mudar de lugar, mas com essa crítica de Dorico resolvi aguentar um pouco mais. Mudei a minhoca, que já estava branquela de tanto ficar n'água, esperei. De repente a linha de Dorico retesou, ele fez força, e pelo jeito que a

137

linha ia e vinha quando ele puxava e afrouxava eu vi que aquilo não era peixe. Dorico puxou devagar e seguido, com tato para não arrebentar a linha, e tirou uma maçaroca de gravetos.
– É. Os peixes estão ariscos mesmo. Vamos ver noutro lugar – disse ele.
Recolhemos os anzóis, enrolamos a linha e fomos procurar outro poço. Para não entrar no mato fechado da beira do rio voltamos à estrada, me atrasei apanhando uns veludinhos, estava limpando um para comer quando ouvi trote de animal atrás. Dei caminho sem olhar, levei uma chicotada no ombro. Me virei, era Josias montado na besta de sela deles.
– Aí, peba! – disse ele rindo, antes que eu xingasse. – Pensou que era o quê?
– Pensei nada. Me assustei.
– Se doeu me desculpe. Pescando? Pegou muito?
Expliquei a falta de sorte, a mudança de lugar. Pedi garupa para alcançar os outros. Dei a vara para ele segurar, e quando ia montando Dorico e Rosendo apareceram voltando.
– Ih, rapaz! Você subiu aí sozinho? Não vai poder descer – disse Dorico.
Rosendo caiu na risada, ele achava graça em tudo. Josias vingou-se perguntando se eu e Dorico tínhamos agora um bobo para carregar nosso peixe. Rosendo desmanchou o riso de repente, ele era meio lerdo para arranjar resposta na hora. Josias derrubou uma abelha com uma chicotada e propôs:
– Sabem o quê? Vamos comigo no sítio. Vou dar uma olhada ligeira lá e volto logo. É légua e meia só.
Rosendo disse que não podia, não saía para longe sem licença da mãe.
– Então vamos só nós três – disse Dorico.
Vendo que Rosendo estava em dúvida, manobrei:
– É mesmo. Rosendo fica aí pescando.
Pois sim que Rosendo tinha coragem de ficar sozinho na beira do rio, e muito menos perto do Poço da Manjerona. Ele olhava para um, para outro, consultando, acuado. Por fim, entregou-se:
– Vamos. Mas nada de inventar dormir lá.
– Nem se quisesse – disse Josias. A casa está vazia, não tem ninguém lá.

– Quem é que vai a pé e quem é que vai montado? – Dorico quis saber.
– Vamos revezando – disse Josias. – Um na garupa, outro na sela.
Escondemos as varas numa moita, marcamos o lugar quebrando um pé de caité. Josias encostou a mula num barranco, Dorico subiu para a garupa, Josias picou a mula.
Quando chegou a minha vez de montar com Rosendo eu vi que ele era ainda mais mole do que a gente pensava. Para ele subir na garupa foi um custo, fazia menção de subir, ficava com medo, não ia. A mula percebeu e se mexia quando ele ia montando, até parecia brincadeira. Propus que ele montasse na sela e me desse a garupa, Josias proibiu, disse que a mula podia disparar quando sentisse mão mole na rédea. Finalmente Josias segurou a mula pelo freio, Dorico ajudou Rosendo, só assim ele montou.
Se pra montar Rosendo foi mole, montado piorou. Ele não se firmava na garupa, parecia uma abóbora solta, estava sempre escorregando para um lado ou para o outro, com isso me puxava também, duas vezes quase caímos os dois, outra vez eu tive que catar ele já quase no vazio da mula.
No córrego perto do sítio a mula parou para beber água, afundou o queixo no remanso e parecia que não ia tirar mais. Vendo o gosto dela em chupar a água pelo pescoço acima, fazendo dois pilõezinhos no lugar onde batia o vento da respiração, eu também deitei na beira do córrego e bebi como animal. Os outros fizeram o mesmo, depois molhamos a cabeça para refrescar e deitamos na sombra. Com tanta água balançando na barriga quando a gente mexia o corpo na grama, ninguém tinha vontade de andar nem de conversar. O assovio do rabo da mula espantando mosquito dava vontade de dormir, eu pelo menos cheguei a cochilar. De repente Josias deu aquele grito:
– Uma cobra! Me mordeu! Bem aqui no pescoço!
Me levantei de um pulo, eu tinha tanto medo de cobra como de assombração. Olhei e ainda vi o resto de uma cobrinha parda sumindo atrás de uma pedra. Procurei um pau para matá-la, Josias falou gemendo:
– Deixe a cobra e me acode que ela me pegou feio.

Cheguei perto, olhei o lugar que ele mostrava no pescoço, vi os buraquinhos, – dois vermelhos em cima; dois mais apagados embaixo. Rosendo e Dorico vieram correndo afivelando o cinto, cada um saindo de detrás de uma moita.
– Se vocês chuparem o lugar depressa, o veneno sai – disse Josias gemendo. – Mas tem que ser depressa, senão não adianta mais.
Olhei para Dorico, para Rosendo, esperando que um deles chupasse. Ouvi dizer que para chupar veneno de cobra é preciso forrar a boca com fumo, ninguém ali tinha fumo. Josias rolava para um lado e para o outro no capim, chorando, pedindo:
– Façam essa caridade, senão eu morro! Camilo! Dorico! Chupem o sangue, pelo amor de Deus! Eu não quero morrer! Não me deixem morrer!
– Quem sabe se espremendo o lugar... – disse Dorico.
Me abaixei para espremer, Josias gritou que deixasse, estava doendo demais e não ia adiantar. O pescoço dele estava vermelho, o avermelhado se espalhando, para cima já tomava a orelha.
– Não estou enxergando direito. Parece que tem uma peneira na minha frente. Quero beber água – disse Josias com dificuldade, como se tivesse o queixo preso.
Dorico apanhou uma folha grande de inhame, fez cumbuca, trouxe pingando. Josias quis beber, a água escorreu pelo queixo, molhou todo o peito. Eu apanhei uma folha menor, a cumbuca chegou com um tiquinho de nada, nem isso ele bebeu. A testa, o queixo, o lugar do bigode nele porejavam de suor, e notei que os olhos estavam vidrados. Lembrei dos índios, que dizem que conhecem ervas milagrosas; eu não conhecia nenhuma, peguei uma qualquer desejando que fosse milagrosa, esfreguei na palma da mão para tirar o sumo, não saiu sumo nenhum; mastiguei para fazer papa, fiquei com a língua queimando, parecia que eu tinha chupado brasa. Ajoelhei peno de Josias, perguntei se ele podia continuar viagem, ele não respondeu, só gemia.
Perguntei Dorico, o que era que a gente podia fazer, não adiantava consultar Rosendo, ele estava fincado no chão como estaca desde o princípio, os olhos arregalados, olhando para um e para outro.

– Temos que levar para o sítio. Aqui não adianta ficar – disse Dorico. – Um de nós dois monta e leva ele na frente da sela.
Passei a rédea por cima do pescoço da mula, montei. Dorico ergueu Josias e me ajudou a enganchar ele na cabeceira da sela, ele estava molengo como menino dormindo.
Deitamos Josias na mesa da sala, foi mais fácil porque os colchões das camas estavam enrolados e amarrados. Com muito custo encontramos uma caixa de fósforo debaixo de uma panela na prateleira da cozinha, gastamos quase todos os paus e não conseguimos acender fogo. Dorico achou melhor desistir, íamos precisar de fósforo para acender a luz de noite. Josias não gemia mais, só roncava, de vez em quando engrolava umas palavras que ninguém entendia.
Dorico desarreou a mula e mandou Rosendo arranjar milho, Rosendo rodou, rodou e não achou; eu fui ao paiol, tinha milho para uma tropa, descasquei umas espigas e pus no cocho. Rosendo era mesmo um dois de paus.
Ficamos sentados no banco da sala vigiando Josias, espantando os mosquitos que queriam pousar na cara dele. Dorico já estava ficando nervoso, disse que era melhor um de nós ir na cidade chamar o pai de Josias com remédio. Rosendo apoiou e pediu que eu fosse, eu entendi que era porque ele não queria ficar sozinho no sítio comigo, Dorico tinha mais paciência com ele.
Arreei a mula, montei – e quem disse que ela saía? Fiz tudo o que eu sabia para forçar um animal a andar, ela levantava a cabeça, dava uns passos de lado, como se aquilo fosse hora de dançar, fungava mas não atendia. Dorico rodou em volta da casa, achou uma vara pontuda, cutucou a mula com ela na anca, nas virilhas, na barriga, ela encolhia o corpo, dava coice de lado, andava para trás, para diante não ia.
– Você bate e eu puxo – disse Dorico.
Ele agarrou as duas bandas da rédea por baixo do queixo da mula, ela fincou as duas mãos no chão e esticava o queixo para diante ao máximo, como quem diz leva-o-queixo-se-quiser, e não dava um passo.
Dorico deu um safanão forte para baixo, largou a rédea, coçou a cabeça.

– Vai não. A desgramada empacou mesmo. Pode descer.
Já estava escurecendo e Josias não melhorava, cada vez que eu olhava ele parecia pior, mais largado. Acendemos o candeeiro com os últimos paus de fósforo e ficamos sentados no banco sem saber o que fazer. A nossa esperança era que alguém sentisse a nossa falta, a de Josias principalmente, e se lembrasse de procurar no sítio.

Nas conversas que conversamos, mais eu e Dorico porque Rosendo não abria a boca, descobri que nós dois estávamos ficando com raiva de Josias por ele ter metido na nossa cabeça a ideia daquele passeio. A gente podia estar em casa, ou brincando no largo da igreja, e estava ali naquela situação.

Uma hora eu olhei para Josias e achei ele diferente, assim muito parado, como um boneco de massa que eu vi uma vez jogado num monte de cisco. Senti um arrepio por dentro mas não disse nada, eu não queria ser o primeiro a descobrir.

Dorico levantou para beber água, encheu o copo no pote, enquanto bebia olhou para Josias, parou no meio. Chegou perto da mesa, com a mão esquerda apalpou a testa de Josias. Largou o copo, escutou Josias no peito. Olhou para mim com medo e disse:
– Será que ele morreu? Eu acho que ele morreu.

Eu não me assustei muito porque mais ou menos já sabia, mas Rosendo soltou um grito e pulou do banco, olhou para mim, para Dorico, segurou o braço de Josias, falou baixo:
– Josia. Josia. Não. Morre não, Josia.

Vendo que Josias não ouvia mais, ele largou o braço de repente e recuou soluçando. O braço caiu largado, a mão bateu na mesa com as costas e fez um barulho fofo. Esse barulho vindo do corpo de Josias como que me acordou, eu sabia que ele estava morto mas ainda não tinha compreendido, ouvindo o barulho compreendi. Olhei para Dorico já sentado no banco, ele chorava baixinho diferente de Rosendo que estava de bueiro aberto. Sentei perto dele, Rosendo sentou também depressa, com medo de ficar em pé.

O vento batendo no candeeiro não deixava a sombra da mesa ficar quieta, e com ela balançando para lá e para cá no chão não era possível pensar firme. Minha vontade era sair dali corren-

do, para longe, toda a vida, sem parar. De repente Dorico falou alto, zangado:
— A culpa foi dele. Quem mandou ele inventar de trazer a gente?
Rosendo olhou espantado para ele, falou pedindo:
— Diz isso não! Coitado! Ele morreu!
— Quem mandou? A gente estava tão bem pescando... Foi ele dizer isso e um vento forte deitou a chama do candeeiro, deitou, eu corri para defendê-la com a mão, foi tarde. A escuridão foi como um mergulho em poço fundo, quando falta o fôlego. Ouvi Rosendo falando baixo:
— Camilo... Dorico... Fiquem perto de mim!
Senti uma mão me pegando, gelei de susto. Era Dorico.
— Vamos para fora — disse Dorico.
Saímos agarrados um no outro, tateando pelo encosto do banco, pela parede, encontramos o corredor, avistamos o escuro mais claro da porta.
Sentados no cepo da frente, mais garantidos pela companhia da mula, que coçava as costelas com os dentes ali perto, ficamos esperando a noite passar, falando pouco para não falar muito em Josias, mas não pensar nele era impossível. Eu me lembrei das brigas que tivemos, uma vez chegamos a nos atracar e rolar no chão por causa de uma bobagem de uma lapiseira rachada que ele achou e não quis deixar eu ver; o pior foi que quando ele já estava caído por baixo de mim eu ainda dei um murro no nariz dele e tirei sangue, sem necessidade nenhuma. Depois voltamos a ser amigos, mas será que agora morto ele continuava me perdoando? Para garantia eu pedi perdão em pensamento e prometi rezar por ele na missa.
Aí eu me lembrei que já era quase domingo! A mãe de Josias esperando para a missa e ele não chegando, depois chegando morto... Pensei nisso, na nossa cara na hora de entregar Josias em casa... Criei coragem, dei uma ideia.
— E se a gente deixasse ele aqui e fosse embora? Ninguém sabe que viemos com ele...
No escuro não vi a cara que os outros fizeram; mas ouvi a voz de Rosendo, agora falando alto:

143

– Deixar ele aqui? Sozinho?
   Não respondi, esperando Dorico. Ele demorou um pouco, falou.
   – A gente podia enterrar ele aqui mesmo e não dizer nada.
   Deve ter ferramenta aí, quando clarear a gente procura.
   – Enterrar aqui? Sem caixão, sem reza? – disse Rosendo, sempre puxando para trás.
   – O que é que tem? Já morreu mesmo, e não foi culpa nossa – disse Dorico.
   – Isso não. Ele é nosso amigo, não podemos fazer isso. E pode também ser pecado. Temos que levar, de qualquer jeito.
   Rosendo falou em pecado, vi logo que não adiantava insistir. Se a gente deixasse o corpo no sítio, ou enterrasse, Rosendo na certa ia contar.
   Eu estava muito cansado, recostei na parede e não falei mais, o que eles dois resolvessem eu acompanhava. Pensei na minha cama limpa e arrumadinha, sábado era dia de minha mãe trocar o lençol e a fronha, e só de pensar senti cheiro de pano limpo e da paina do travesseiro. Fiz força para não dormir porque achei que era nossa obrigação ficarmos acordados a noite inteira. Me distraí prestando atenção no cantar dos galos, no berro das vacas, no pio dos curiangos na cerca do curral. De vez em quando eu dava um cochilo e acordava assustado, cuidando ter ouvido a voz de Josias. Como seria bom se Josias acordasse, assim como quem volta de um desmaio, pulasse da mesa e viesse conversar com a gente, rindo do nosso susto e contando tudo o que tinha passado... Depois nós quatro entrando na cidade como se nada tivesse acontecido...
   Finalmente apareceram umas nuvens lanhadas de vermelho por cima do vulto escuro dos morros, sinal de que o dia estava perto. Não demorou muito e a mula levantou-se, abriu as pernas, rolou o corpo entre elas, sacudiu o rabo, estava nova. Levantamos também, esticamos o corpo, esvaziamos a bexiga ali mesmo na frente da casa e entramos na ponta dos pés, evitando de olhar para a mesa. Dorico descobriu um cacho de bananas pendurado em um caibro na despensa, não estavam bem maduras mas comemos algumas, bebemos água por cima.
   – Será que a mula desempaca? – disse Dorico.

Arreei a mula sem muita esperança. Dorico montou para experimentar, fizemos de novo tudo aquilo de bater, puxar, cutucar, nada adiantou.

– Tem que ser no pé mesmo – disse Dorico.

Eu disse que a gente podia cortar dois paus grossinhos e arranjar um cobertor ou um lençol para fazer um banguê, Dorico foi contra:

– Vamos cortar pau não. Fica tarde. Se tivesse uma rede aí... Procuramos, não tinha ou estava numa canastra trancada com chave. Na despensa tinha um saco grande com um resto de café. Dorico achou que podia servir; despejamos o café num canto, sacudimos o saco para tirar o cisco, criamos coragem e fomos experimentar se servia.

Enfiamos o saco pelos pés de Josias e fomos puxando pelo corpo acima, ele estava duro como tábua. A cabeça ficou um pouco de fora, tivemos que forçá-la para dentro. Amarramos a boca com uma embira. Dorico pegou pela boca, eu peguei pelas orelhas do fundo, encarregamos Rosendo de dar um jeito de fechar a porta e saímos.

Mas o pano do saco era grosso demais, logo começou a castigar nossas mãos. Eu mudava de mão toda hora, acabei carregando com as duas, e quando fiquei muito cansado chamei Rosendo para ajudar, ele ia atrás sem fazer nada.

Rosendo carregou um pouquinho só, disse que ia largar, largou. Dorico também já não aguentava, mostrou as mãos, estavam mais vermelhas do que as minhas, ele tinha ficado com o lado mais pesado. Descansamos o saco e sentamos na beira da estrada, cada um pensando numa ideia que desse mais certo.

Quem deu solução foi Rosendo, uma solução tão boa que eu fiquei desapontado por ter feito pouco caso dele. Ele apontou um pau comprido no cerrado, guatambu devia ser, e disse que se a gente conseguisse quebrar aquele pau podia prender o saco nele com nossos cintos e carregar no ombro. Dorico olhou o pau, olhou o saco no chão, experimentando a ideia. Depois riu – a primeira vez que um de nós ria depois da chegada no córrego.

– Você até que não é burro não, Rosendo. Vamos ver se quebramos o pau – disse Dorico.

Custou, mas quebramos – pendurando, pisando, torcendo, esfolando as mãos. Depois quebramos a copa, que foi mais fácil, e um ou outro galhinho fino. Prendemos o saco nele com os cintos, como Rosendo disse, amarramos as calças com cipó, fizemos acolchoados de folhas para os ombros e seguimos, nem foi preciso parar para descansar, quando cansava um ombro a gente mudava para o outro.

O nosso medo era encontrar alguém pelo caminho, mas felizmente ninguém achou de andar por aquela estrada naquela hora. Quando íamos chegando na ponte Dorico virou a cabeça para trás e disse:

– Vamos combinar. Se alguém perguntar a gente diz que é porco.

Eu achei que não ficava bem, porco sendo um bicho tão sujo. Procurei outro para trocar, vi que nenhum mais servia por causa das pernas.

Quando entramos na cidade eu fui ficando aflito porque nenhum de nós tinha pensado no que dizer na hora de entregar o saco. A minha vontade era largar o saco no corredor da casa de Josias e sair correndo, não dei a ideia porque sabia que Rosendo não ia concordar.

De longe avistamos D. Ritinha na porta olhando para um lado e para o outro. Foi ela nos ver e vir correndo para nós. Se eu pudesse sumir, ficar invisível, virar passarinho...

– Vocês viram o meu Josias? Vocês não estavam juntos? Paramos diante dela, a vara arqueou com a parada. Ninguém teve coragem de responder.

– Ele foi ao sítio para voltar ontem mesmo, e até agora. Pensei que vocês estavam juntos, vocês também sumiram. Estou aflita porque lá não tem ninguém para fazer um chá se ele tiver uma dar. Belmiro quis ir atrás mas não achou animal, e não podia ir a pé por causa do reumatismo.

Rosendo caiu no choro, Dorico caiu no choro. Eu chorei mais forte porque vi a cara de D. Ritinha adivinhando e não querendo acreditar. Como se fosse uma combinação nossa, baixamos a vara com o saco perto dela e saímos correndo, perseguidos pelo grito dela, até hoje.

NA ESTRADA DO AMANHECE

Tubi não acreditava que no mundo tivesse um lugar melhor do que o Amanhece. Lá ele nasceu, e se dava por feliz. Podiam falar nas bondades do Massaranduba, da Salve-Rainha, da Paciência, da Rosa Maria, ele não se interessava. Quando o levavam em passeio nesses outros sítios ele ia triste, reclamando, lamentando o tempo que ia perder, sentindo não existir um jeito de cortar o tempo com tesoura, como se corta cordão, jogar fora o pedaço que não presta e emendar de novo mais adiante. Até os animais, as criações, as serventias do Amanhece eram mais simpáticos, mais amigos. Um sonho que ele não gostava, e que vinha de entoado, era que o pai tinha vendido o Amanhece e comprado outro sítio; felizmente era sonho, senão seria a tristeza maior do mundo.

O Amanhece era bom sem comparação – apesar de certos aborrecimentos que bem podia não ter. Um: ninguém acreditava muito nas coisas fora do comum que Tubi estava sempre descobrindo, ou vendo; diziam que não podia ser, era absurdo, ele tinha sonhado, onde já se viu; tanto que ele não estava mais contando nada, a não ser à mãe – assim mesmo só conforme a disposição dela.

O que fez ele tomar essa precaução foi o caso dos vaga--lumes. Ele tinha andado correndo atrás de vaga-lumes no vassoural em frente à casa, lanhou as pernas muito mas conseguiu pegar um e prender numa caixa de fósforo. Na cama de noite ele olhava a caixa e via quando o vaga-lume estava de luz ligada. Quando viu que ia dormir ele pôs a caixa no chão para não rolar por cima dela e esbandalhar o vaga-lume, mas perto da mão para poder apanhar caso acordasse no meio da noite. Sem mais nem menos ele achou que um só era pouco e saiu para apanhar mais, agora era fácil, bastava fechar a mão a esmo para pegar uma porção de cada vez, num instante ele encheu uma gamela meiãzinha.

Ele ia levar a gamela para dentro de casa com a ideia de arranjar bastante linha e pendurar todos eles nos caibros da varanda, depois acordar a mãe para ela ver a casa iluminada com aquelas lanterninhas, invenção dele; mas caiu na asneira de deixar a gamela do lado de fora enquanto procurava a linha, e quando voltou um bezerro tinha comido todos os vaga-lumes e ainda lambia os beiços, com certeza esperando mais. Tubi procurou uma vara, um ferrão, qualquer coisa para castigar o bezerro, rodou, não achou, e quando olhou de novo quase que não acreditou. Com a barriga inchada de vaga-lumes, o bezerro parecia um balão cheio de luzinhas que acendiam e apagavam desencontrado, até se via o sombreado dos ossos das costelas no couro esticado. Tubi tocou a barriga do bezerro para ver ser estava quente ou fria, o bezerro não gostou e saiu de perto, levando aquele clarão azulado pelo chão, como se fosse uma sombra clara, saltou o rego, prateando a água na passagem, e sumiu numa moita de cana; mas mesmo escondido o clarão bojudo estava lá nas moitas, denunciando.

 De manhã Tubi correu ao curral na frente de todo mundo para ver se tinha acontecido alguma coisa ao bezerro, se ele tinha morrido, ou vomitado, ou adoecido. Que nada, o ladrisco já estava encostado na porteira, lambendo a mãe pelo vão de duas tábuas e berrando, doido para chegar a hora de mamar, parecia que não tinha feito travessura nenhuma durante a noite.

 Mas Tubi ficou preocupado, vigiou muito o bezerro, olhou se ele mamava direito, e quando viu ele se deitar perto da mãe no esterco do curral com os olhos meio fechados, cansado das cabeçadas que dava no úbere para puxar o resto de leite deixado pelo vaqueiro, Tubi achou que podia ser já o sinal do adoecimento, e correu para dizer ao pai na mesa do café que convinha dar um purgante ou qualquer remédio àquele bezerro branquinho filho da Mandinga.

 – Purgante pro bezerro? Por que agora?
 – Ele... vai ficar doente. Acho que já ficou.
 O pai olhou para ele desconfiado, investigando.

– O que foi que o senhor já andou fazendo com o bezerro?
– Nada não, pai. Foi ele mesmo. Comeu uma gamela cheinha de vaga-lumes.
Os pais se entreolharam e compreenderam que o bezerro não estava em perigo.
– Vai fazer mal. Ele já está deitado, de olhos fechados – disse Tubi.
– Onde foi que ele achou tanto vaga-lume? – perguntou a mãe.
Tubi baixou os olhos, confessou:
– Eu peguei ontem de noite.
– Você pegou e deu pra ele? – perguntou a mãe.
Tubi explicou o acontecido, deixando claro que não tivera culpa; falou do brilho na barriga do bezerro, do clamo na moita de cana, dos ossos das costelas aparecendo com o pisca-pisca dos vaga-lumes – de repente parou: não adiantava continuar, ninguém estava acreditando. Nunca mais ele contaria nada a ninguém.
Mas de noite, na hora de lavar os pés para dormir, a mãe puxou o assunto e ele reconsiderou. Estavam sozinhos na cozinha, ela mornando o leite para ele tomar com beiju.
– Como foi mesmo a história dos vaga-lumes? – ela perguntou.
Sentado na banqueta, com os pés na bacia, ele contou tudo de novo; e vendo que ela escutava com interesse ele revelou detalhes que não tinha lembrado antes, como quando o bezerro parou do outro lado do rego para mijar e o mijo saiu como uma fita de luz azulada, prateou o chão e se espalhou como um derrame de vidrilhos até que a terra chupou tudo, mas mesmo assim ficou meio faiscando naquele pedaço.
– Por que você não me chamou? Eu queria tanto ver. Ele ficou com pena de não ter chamado, e justificou-se dizendo que era muito tarde, que também tinha sido muito ligeiro, se ele tivesse saído para chamar, quando voltasse já teria acabado.
– Que pena. Devia ter sido bonito.
Será que ela estava acreditando mesmo, ou fingindo para compensar a descrença do pai? Com mãe a gente nunca sabe, e deve desconfiar do que ela diz. E haveria mesmo alguma coisa

para acreditar? Relembrando o caso na claridade familiar da cozinha, no meio daqueles utensílios de finalidade exata – o moinho de café na beirada da mesa, o pilão encostado na parede, as panelas emborcadas na prateleira, quente o caldeirão de água no fogo, soltando uma fumacinha preguiçosa, a lamparina na pedra do fogão, a réstia de alho num prego – ele mesmo já pensava que talvez estivesse misturando coisas diferentes, vaga-lume com bezerro. De agora em diante ele só contaria coisas que não deixassem dúvida, e assim mesmo só contaria à mãe; ela sabia compreender e não fazia perguntas que atrapalham.

Quando a mãe estava muito ocupada, como no forno torrando farinha – serviço que pede muita atenção – ou tratando de doente em algum rancho, ele preferia falar sozinho com seus brinquedos. É bom conversar com brinquedo, eles não falam e a gente tem que responder por eles, às vezes sai cada resposta que até assusta. Como quando ele estava sentado no chão tocando uma boiadinha de mangas verdes, avançando uma rês aqui, atrasando outra ali, desviando outra para um atalho, a boiada preguiçosa não rompia, ele meteu o ferrão num boizinho de barriga amarela.

– Vamos, pateta! Não atrasa a boiada.

– Eu faço o que me mandam. Você não me mandou atrasar?

Era verdade. Ele tinha empurrado o boi para um desvio e se esquecido. Como é que ele podia ralhar com o boi e castigá-lo com o ferrão, depois de ter mandado ele se atrasar? Só Deus pode fazer isso, deixar as pessoas se desviarem de um caminho e depois dar o castigo. Será que está certo isso, ou Deus é diferente do que dizem? Se tudo o que acontece acontece por ordem dele, castigo é injustiça. Conversar sozinho é perigoso, atrapalha muito as ideias. O melhor é fazer como a maioria das pessoas, que não perde tempo com essas bobagens e por isso não vive com medo – de castigo, de inferno, de pecado. Mas se a pessoa não conversa sozinha, pensando, como é que vai descobrir as explicações? Estudando em livro, em escola? Não parece ser caso de estudo. Aquele rapaz que apareceu no sítio pedindo trabalho, o Belmiro, não teve estudo nenhum, e sabia explicar tudo com clareza.

Belmiro sabia explicar tudo, não de uma vez, como quem fala de cor, mas devagar, ponderando, puxando a razão das coi-

sas, ajudando a gente a compreender. O pai de Tubi antipatizou com Belmiro por ele andar de botina o dia inteiro, como se estivesse sempre de saída para uma festa, mas reconhecia que ele era bom no cabo do guatambu.
– Seu Jucá, não olhe para a minha cara nem para as minhas botinas. Olhe para o meu trabalho – disse Belmiro logo no primeiro dia.
Seu Jucá entendeu, mas de vez em quando ainda chamava Belmiro de filósofo, chamava zombando, mas quando Belmiro foi embora bem que Seu Jucá sentiu; ele disse à mulher que se tivesse dois ou três homens como Belmiro podia dispensar os outros todos e ainda tocava o sítio com os pés nas costas. A mulher defendeu, disse que Belmiro era muito bom trabalhador, ninguém dizia o contrário, mas que o serviço dos outros não rendia era porque eles não tinham boa compreensão das coisas.
– É porque são tapados, Zilza.
– Tapados não, Jucá. São gente nascida e criada aqui, como nós.
– Que nada. Você está é querendo me contrariar.
Belmiro também pensava como D. Zilza, por isso não se enfezava com as caçoadas dos outros. Uma vez Tubi perguntou por que ele não reagia quando os outros caçoavam da botina dele, Belmiro respondeu:
– Deixe eles, coitados. Eles pensam que botina é só para patrão, ou para enfeitar os pés em dia de festa. Não sabem que é para proteger.
– Por que o senhor não ensina?
Belmiro estava aparelhando um cabo de foice, parou e disse:
– Se eles aprendessem, onde é que iam arranjar dinheiro para comprar botina? Um par de seis em seis meses? Eu trabalho por empreitada, acabo um serviço, recebo, compro o que preciso.
– Meu pai dava. Meu pai não é patrão deles?
Então era preciso ensinar seu pai também. Uma coisa puxa outra.
– O senhor ensinava.
– Eu ensinava? Deus te conserve, Tubi – disse Belmiro, e voltou a trabalhar com o facão na madeira roliça, tirando os nós e raspando.

151

Belmiro foi a única pessoa que soube consolar Tubi quando o Mangarito morreu. Tubi chorava desesperado, o pai ralhou, mandou fechar o bueiro.
– Chorando por causa de um cavalo? Morreu, enterra. Te dou outro. Tem tanto poldro aí, é só escolher.
Foi na hora do almoço que o Dito chegou com a notícia. O Mangarito estava caído no pé de uma lobeira, se contorcendo, com falta de fôlego, não podia se levantar. Ou foi mordido de cobra ou comeu erva, parecia mais erva.
Belmiro pediu licença para ir também, levou uma vasilha de leite.
Quando chegaram o Mangarito já estava nas últimas. Deitado de banda, as pernas tesas como se fossem postiças, o pescoço esticado para trás, ele resfolegava forte e tremia compassado. O pelo todo estava molhado, Belmiro disse que era de suor, e os olhos antes tão vivos pareciam sujos de cinza.
– Eu abro a boca e você dá o leite – disse Belmiro. – Devagarinho para ele não engasgar.
Os dentes estavam travados, não houve força que abrisse.
– Despeje por dentro dos beiços, vamos ver se ele engole.
Tubi fez como Belmiro indicou, o leite ficou retido na bolsa entre a gengiva e a bochecha, não escorria para dentro. Até a língua parecia paralisada.
– Não vamos judiar do bicho. Deixe ele descansar sossegado – disse Belmiro.
Tubi descansou a vasilha de leite no chão e ajoelhou ao lado da cabeça do Mangarito, ficou conversando manso com ele, alisando, espantando mosquitos que teimavam em incomodá-lo.
Os estremeções foram ficando mais espaçados, os olhos mais mortiços, a respiração mais curta e mais lenta, só notada na barriga dura, esticada.
– Foi erva. Viemos tarde – disse Belmiro.
Com as mãos acariciando a testa, o focinho, o pescoço do Mangarito, Tubi percebeu quando ele parou de respirar.
– Morreu, Seu Belmiro. Olhe aí. Morreu.
Belmiro ajoelhou-se também e apalpou o corpo imóvel.
– É. Não tinha jeito. Mas morreu perto de um amigo. Foi sorte.

— E agora, Seu Belmiro? O que é que eu faço?
— Agora você me ajuda a enterrar ele. Aliás, eu ajudo você.
   Belmiro foi dando a ideia do que deviam fazer, mas como se estivesse concordando com Tubi:
— É, você não vai querer enterrar aqui mesmo. Ficava mais fácil, ficava, mas é muito descampado, não tem marcas, lobeira não dura, amanhã morre. A gente podia fincar uma estaca, mas o mato cobre, não se vê de longe. — Olhou em volta, procurando. — Ali debaixo daquele angico fica melhor. Tem sombra, o angico fica sendo a marca. Você pode olhar todo dia, da janela da varanda você vê.
   Mas era preciso arranjar um laço, ou melhor, dois, e chamar uns homens para ajudar. Nesse ponto Seu Jucá deu o contra, enterro naquela hora atrapalhava o serviço, deixassem para mais de tardinha; mas não pôde impedir que Tubi passasse o resto do dia vigiando o cavalo morto, guardando de formigas, moscas, urubus; bem que ele tentou, mas a mãe socorreu, deixasse, menino é assim mesmo, sofre por tudo, ia ficar muito triste se não pudesse vigiar.
   Muitos dias depois Tubi ainda chorava a morte do Mangarito, e mais ainda quando se lembrava dele sendo arrastado para debaixo do angico, os homens puxando com força, gritando uns com os outros e rindo sem respeito, como se estivessem arrastando uma pedra ou um pedaço de pau, e o pobre do Mangarito raspando o pelo nas pedras e gravetos, largando chumaços de cabelos pelo caminho e se sujando de terra.
   Uma tarde, já quase de noitinha, Belmiro chamou Tubi para visitar o Mangarito debaixo do angico. A mãe não gostou, o menino ainda estava tão choroso; Belmiro percebeu a desaprovação e fez sinal pedindo que deixasse ir.
   Quando pisou distraído a terra fofa do lugar onde estava o Mangarito, Tubi caiu no choro.
— Se eu fosse você não chorava — disse Belmiro alisando a terra com o pé.
— Eu gostava dele.
— Eu sei. Por isso mesmo é que você não deve chorar.
— Eu choro porque sinto falta dele. Nunca mais vou ver ele.

153

– Aí é que está. Você chora porque está pensando mais é em você. Ele também não vai ver você, e aposto que não está chorando.
– Mas ele morreu. Como é que ia chorar?
– Você tem certeza de que ele morreu? Quem é que garante?
– Então não morreu? Não foi enterrado? – disse Tubi quase indignado.
– Aí é que está. Pare de chorar e enxugue esses olhos que eu vou explicar como é que eu entendo a situação. Para todo mundo ele morreu. Parou de respirar, de mexer, foi enterrado. Isso é o que todo mundo diz. Mas eu acho é que ninguém morre. Quando dizemos que uma pessoa, ou um bicho, morreu, o que aconteceu foi que mudou de morada. É assim, ó – e riscou uma linha no chão com um graveto. – Esta linha é a divisa. De um lado os que a gente diz que morreram, de outro os que estão vivos. Quando a pessoa, ou o bicho, passa de um lado para o outro, dizemos que morreu. Mas quem é que sabe qual é o lado dos vivos e qual o dos mortos? Para nós, que estamos do lado de cá, é o lado de lá; mas para eles deve ser o lado de cá. Quando uma pessoa atravessa a linha, morre de um lado mas nasce de outro. Você entendendo isso vai ver que quando Mangarito morria de cá nascia de lá. E você vai chorar só porque o seu cavalo mudou de morada? Tem cabimento isso?

Tubi pensou, quis se entusiasmar mas ficou na dúvida, perguntou se o Mangarito quando nasceu do outro lado nasceu pequenininho, se precisava mamar de novo, se nasceu sabendo marchar ou se tinha esquecido, se ia ter saudade do Amanhece e dele, Tubi. Belmiro ia ouvindo e respondendo de maneira a sossegar o menino e fazê-lo esquecer o choro.

– Então quer dizer que de verdade ninguém morre – disse Tubi afinal.
– É isso mesmo. Vejo que você já entendeu.

Tubi não estava no sítio quando Seu Jucá matou o gavião, estava visitando vizinhos com a mãe. Seu Jucá mandou empalhar o gavião na cidade, um cabo de polícia fazia esse serviço muito bem. Tempos depois o gavião voltou, pousado num pedestal de pedra-sabão.

Gavião é um bicho feio-bonito, sisudo, respeitável. Pousados nos galhos altos das casuarinas ou nas pontas de pedras dos morros, eles vigiam o mundo, esticando a cabeça para cima, para baixo, para os lados, não querem perder o que se passa lá embaixo. Os olhos agudos não piscam, nunca piscam. O bico é uma picareta afiada, as garras são torqueses que destroncam e aleijam. Planejam o ataque com calma, e se falham mesmo assim não se afobam; completam o movimento iniciado e voltam à base para organizar novo ataque.

O meio da tarde é a melhor hora. O céu é claro e sem nuvem, o sol esquenta as pedras, os ferros, as telhas. Se a pessoa fica na sombra e olha o chão, principalmente o chão calçado, vê um tremor no ar, como se o chão fervesse. Galinhas procuram sombras e ficam de olhos fechados e bico aberto, para o ar entrar e sair à vontade, os cachorrros deitam de lado ou de costas com as pernas abertas encolhidas na barriga. O gato desaparece em alguma moita fresca e ninguém o verá antes da hora do jantar. No campo os animais dormitam, os olhos semifechados, uma perna encolhida, só o rabo fica de plantão espantando moscas. É quando os gaviões atacam.

Primeiro foi um pinto levantado do chão por uma sombra que baixou nítida e esmaeceu novamente levando o grito entre as penas. Alarme geral entre as galinhas, cacarejos nas touceiras, a sesta estragada. A cozinheira veio correndo com a vassoura, ainda viu a sombra riscando a cerca do curral. Foi o filho da Sarapinta, o mais gordinho, gavião miserável. Os frangos e galinhas saíram para campo aberto, comentando, se expondo, outras sombras vieram precisas, cada uma na presa marcada. Seu Jucá estava na varanda pondo cabo num ferro de marcar rês, ouviu o primeiro grito e se preparou, já sabia o que era.

O tiro apanhou o gavião em cima do curral, a presa caiu para um lado, o gavião para outro, os chumbos pegaram numa asa bem na junta.

– Esse não furta mais – disse Seu Jucá, prosa com a precisão da pontaria.

A franga morreu da queda, foi aproveitada para o jantar, o gavião Seu Jucá quis salvar para pôr numa gaiola, exemplo para

155

os outros. Enquanto faziam a gaiola ele ficou num quartinho da casa da farinha, no meio de rodas quebradas, potes, tachos, restos de cangalhas, a asa caída, muito sangue nas penas, mas o olhar altivo, atrevido. Não aceitou as tiras de carne que Seu Jucá jogou perto dele, e no dia seguinte amanheceu morto – de raiva? De vergonha? Do tiro? Agora ele estava em cima da mesa da sala, impressionando as visitas com seu olhar duro de conta. Mesmo empalhado o gavião impõe respeito, como uma arma de fogo ou um punhal que já matou gente. Tubi tinha medo de olhar o gavião, mas volta e meia estava olhando, imaginando quantas galinhas, preás, coelhos, até cobras, aquele bico e aquelas unhas já tinham esbandalhado.

Depois veio a arrumação do sítio para o pouso de folia, gente da Massaranduba, de Paciência, da Rosa Maria ajudando a esfregar, a lavar, a caiar, a fazer doces, biscoitos e bolos, gente dormindo em toda parte, em esteiras e colchões até na varanda. Mau tempo para as criações de quintal, todos os dias morriam bandos de galinhas, patos, leitões, os leitões gritavam de pavor na beira do rego, dava raiva ver aqueles homens brutos, de facas enormes pontudas procurando o melhor lugar para enfiar, os bichinhos esperneando e gritando, os homens rindo e sangrando, o sangue esguichando e molhando as mãos, os braços deles, tanta ruindade. Tubi fugia para longe, tapava os ouvidos mas não conseguia esquecer os bichinhos roliços tão limpinhos esperneando sem esperança, ninguém pensava em acudir, vai ver que nem prestavam atenção. Tubi queria ser mágico ou milagroso para ressuscitar os leitões, soldar o furo da faca e mandar eles embora para bem longe, deixando os homens amedrontados. Mas como? Que palavras dizer, que gestos fazer? Sentindo-se incapaz, ele procurava pensar em outras coisas, a sela nova que o pai prometera encomendar e estava demorando, o passarinho – dragona – que ele estava pelejando para pegar no mandiocal, chegou a ver um bem de perto, as penas pretas azuladas tão lustrosas que pareciam tratadas com brilhantina, e nas pontas, olhando bem, pareciam douradas Mas os danados dos leitõezinhos parecia que se vingavam, volta e meia tomavam conta do pensamento dele, fossando nas touceiras, resmungando crum-crum-crum, os narizinhos chatos experimentando tudo, os rabinhos se torcendo como parafusos, a gente ficava pensando que iam desatarrachar e cair a qualquer momento.

Tubi rodava triste pela casa, não achava interesse em nada, e quando ia na cozinha comer ou beber alguma coisa Conceição ainda mexia, dizia que o leitãozinho tal já tinha ido, agora estavam afiando a faca para sangrar aquele outro assim-assado; e vendo que ele não estava gostando aconselhava:

– Fica assim não, bobo. Leitão vem ao mundo é pra isso mesmo. É tão gostoso.

Seria? Então por que gritavam tanto?

Estava tudo pronto para a festa, potes e mais potes de doces, panelões de carne e almôndegas boiando em gordura, gamelas de biscoitos, foi armado um rancho para danças no terreiro, o chão socado com macete para não levantar muita poeira, e outro rancho para as redes dos homens, as mulheres dormiriam dentro de casa, como pudessem, só faltava a folia chegar com a bandeira e a salva, já estava na Rosa Maria. Seu Jucá saiu com um bando de amigos para encontrá-la no caminho, levavam foguetes e muitas caixas de balas. No Amanhece as roqueiras estavam prontas em fila diante da casa para quando a bandeira aparecesse descendo o morro.

Mas as roqueiras não dispararam, nem houve festa. Chegou um cavaleiro na frente avisando para suspenderem as salvas, Seu Jucá vinha carregado numa rede, tinha levado um tiro de garrucha nas costas. D. Zilza saiu correndo a pé pela estrada, foram atrás e seguraram, aconselharam a esperar.

Seu Jucá chegou ensanguentado, gemendo, passaram ele para a cama com muito jeito, Seu Belarmino da Paciência sempre ao lado se culpando e pedindo perdão, quando viu D. Zilza se abraçou com ela e chorou mais alto. Pessoas que tinham assistido explicaram que ninguém teve culpa, foi o cavalo de Seu Jucá que empinou com as salvas e passou na frente da garrucha bem na hora do disparo, uma fatalidade. Seu Belarmino não se conformava, queria ser o culpado, jurava que se Seu Jucá morresse ele ia fazer uma loucura com a mesma garrucha, mas a garrucha não estava mais com ele, estava na cintura de outra pessoa.

E aquelas iguarias todas com certeza iam sobrar, os foliões parece que tinham perdido o apetite, os poucos que pensavam em comer faziam um prato no rancho e se afastavam para longe, como se fosse feio, ou vergonhoso, comer na vista de todos. As sanfonas e violas ficaram largadas nos cantos, os tocadores nem passavam perto, e quando uma sanfona caiu da forquilha onde estava pendurada no rancho, e soltou um gemido comprido ao se fechar no chão, as pessoas que estavam perto fingiram não ter visto nem ouvido.

A bandeira ficou na sala com a salva quase vazia, ninguém se lembrava de ir lá deixar uma esmola, as pessoas faziam grupos no pátio da frente, no terreiro, na varanda, falando baixo, uns diziam que o tiro tinha pegado na espinha e que Seu Jucá era capaz de ficar aleijado, a espinha é que comanda os movimentos do corpo; não, deve ter sido no pulmão, não vê como a voz dele está ficando cada vez mais fraca; quem deu o tiro não foi Seu Belarmino, ele ainda estava carregando a garrucha, o tiro veio mais de trás; e o doutor quando chega? Parece que só chega amanhã, assim mesmo se estiver na cidade quando o chamado chegar. Que festa, hein? Quanta comida perdida, vão ter que jogar para os porcos. Muita gente já está falando em ir embora. E as bebidas? Parece que se esqueceram de servir.

Cansado de andar de um lado para outro, de entrar no quarto e ser posto para fora, Tubi deitou-se num banco da varanda e ficou pensando como seria a vida no Amanhece se o pai morresse, quando há sangue demais há morte, e ele vira muito sangue nas roupas quando a mãe saiu com elas do quarto. Seria ruim demais não ter pai, como dizem que é? De repente ele se lembrou do catecismo, pecado, inferno, fez o nome do pai disfarçado, virou-se para a parede e dormiu.

Seu Jucá escapou, mas quando levantou da cama parecia outra pessoa. Perdeu o desempeno antigo, andava meio encolhido e muito pensativo. Ele e D. Zilza deram para cochichar de noite, e quando Tubi tossia ou se mexia na cama no quarto ao lado eles se calavam ou baixavam ainda mais a voz. Cochichava-se muito no Amanhece naquele tempo, até com desconhecidos que chegavam, eram recebidos na sala e ficavam conversando com Seu Jucá de porta fechada. Tubi achava esquisito, uma vez sondou D. Zilza, ela disse que era assunto de gente grande, em que menino não deve se meter.

Uma tarde Tubi estava brincando de subir no coqueiro do pátio quando chegou aquele homem de um olho só – tinha os dois mas um ficava sempre fechado – e cabelo vermelho enrolado, parecendo maçarocas de corda de viola.

– Viva, nenen. Você é filho de Seu Manuel Jucá? – disse o homem ainda montado.

– Sou sim senhor.

– Diz que é Ernesto Sotero.

Tubi escorregou do coqueiro e entrou em casa. O nome era conhecido no Amanhece, os camaradas sempre falavam nele quando contavam casos de valentia. Agora o homem estava ali, feio e perigoso, com certeza para tomar alguma satisfação, puxar briga.

Seu Jucá estava na rede, não se assustou com o anúncio; em vez disso levantou-se muito calmo, e antes de atender mandou D. Zilza providenciar um café com mistura. Tubi acompanhou o pai meio com medo, mas quando viu a cordialidade dos cumprimentos se acalmou, o assunto era de paz.

– Vamos entrar, Seu Ernesto. Não repare, que a casa é de pobre. Tubi, despeje uma boa cuia de milho no cocho para a mula de Seu Ernesto. Primeiro tira o freio. Ela é mansa, Seu Ernesto?

– Mais mansa do que jabuti de cozinha.

Do jeito que Seu Jucá riu, via-se que ele estava interessado em agradar o visitante. Depois de um ligeiro rapapé na porta os dois entraram para a sala. Tubi executou depressa a ordem do pai e voltou a brincar no coqueiro na esperança de pescar o assunto da conversa, mas Seu Jucá muito espertamente chegou à janela e mandou-o para dentro. Na hora de servir o café ele se ofereceu para o serviço, a mãe vetou.

– Não vai lá não. Conceição leva.

Tendo o seu plano frustrado, Tubi foi ver se a mula já tinha comido o milho, se precisava de mais, seria uma boa desculpa para passar no corredor e esticar o ouvido para a porta. Mas a mula não estava interessada em mais milho, tinha deixado um bom punhado no fundo do cocho e estava agora cochilando em pé, uma perna ligeiramente encolhida, decerto para descansar os músculos desse lado. Tubi então se interessou pelo arreio e demais apetrechos.

O arreio de duas barrigueiras – melhor porque dispensa o peitoral – estava coberto com um pelego cor de fogo, com a marca do assento do dono bem visível no amassado do pelo fofo. Por baixo da aba do arreio do lado esquerdo aparecia o coice de uma carabina. Dizem que fazendo uma cruz com faca na cabeça da bala – estanho é mole, fácil de cortar – ela fica mais perigosa, quando encontra um osso abre em quatro lascas, cada uma vai para um lado fazer seus estragos. Deve ser por isso que carabina faz tanto medo. Carabina leva doze balas, que a pessoa vai empurrando por uma janela do lado direito (ou será do esquerdo?), uma atrás da outra até encher a caixa que fica dentro da coronha. Carabina mata boi com um tiro só, quanto mais gente.

Tendo terminado o exame, Tubi perdeu o interesse na mula e tentou ainda olhar para dentro da sala subindo na porteira, mesmo sabendo que se o pai visse não ia gostar, primeiro porque já tinha mandado ele brincar longe, segundo porque porteira não é para subir, o peso desconjunta o esquadro e descasa o trinco com a fenda de fechar, isso Seu Jucá estava cansado de dizer.

Enganchado na última tábua da porteira ele conseguiu ver a cabeça de Ernesto Sotero mexendo, aprovando, discordando, de vez em quando a mão alisando o cabelo, trabalho inútil porque o cabelo era desses duros que não se despenteiam.

Quando Ernesto Sotero levantou, mostrando até a metade do peito, Tubi escorregou depressa da porteira, e só teve tempo de endireitar a roupa sungada com o raspão nas tábuas, e já o pai aparecia na porta, acompanhando a visita.

– Então estamos entendidos, não é, Seu Manuel?
Seu Jucá aprovou com a cabeça. Seu Ernesto olhou em volta, elogiou o capricho do sítio, avaliado pela limpeza do pátio, a conservação do muro, as boas cercas dos currais. Seu Jucá se abaixou para apanhar um engaço de bananeira que comprometia a limpeza da calçada e jogou-o para cair além do muro, mas a força não deu.

– Que idade tem o curumim? – perguntou Ernesto Sotero pondo a mão na cabeça de Tubi e caminhando com ele para a mula.
– Oito para nove – disse Seu Jucá acompanhando-os.
– Oito para nove. Da idade do meu que eu perdi. É duro, Seu Manuel. A mãe não se conforma até hoje.
Seu Jucá instintivamente abraçou Tubi pelo ombro, procurou palavras de consolo, não achou, não tinha jeito. Ernesto Sotero arrochou um pouco mais as barrigueiras, pôs o freio na mula, montou. Seu Jucá foi abrir a porteira.
– Então até mais ver, Seu Manuel.
– Se Deus quiser, Seu Ernesto.
Seu Jucá fechou a porteira e olhou o tempo, enquanto esperava que a visita se distanciasse. Tubi criou coragem e perguntou:
– Pai, o que é que ele queria?
– Chouriço para fazer feitiço – disse o pai, completando com uma tapa carinhosa na nuca do menino.
– É verdade que ele mata gente?
– O que eu sei é que ele capa menino. Menino especula.
D. Zilza devia saber o motivo daquela visita, mas era duvidoso que ela contasse. Em todo caso ele ia puxar por ela, com jeito, devagarinho.

Um dia depois do outro, formando semanas, com domingos no fim, dias de descanso no sítio, de visitas aos vizinhos, de reza no oratório. Seu Jucá foi à cidade pagar o médico, Tubi aproveitou para fazer das suas e se arrependeu. Disseram muitas vezes que ele não teve culpa, que o que tem de acontecer está traçado, mas ele preferia não ter chamado o Guinácio para o passeio no rio, logo aonde, o lugar mais proibido de todos. Também a mania de Guinácio de querer fazer coisas arriscadas para mostrar que era bicharedo. Precisava ele mergulhar no lugar mais fundo do poço, e mergulhar de ponta, pulando do alto? O resultado foi que ele engarranchou a cabeça numa forquilha que ninguém sabia que existia ali, com certeza trazida de longe n'alguma enchente, e não teve força nem fôlego para desengarranchar. Quando Tubi viu que ele estava demorando a aparecer ainda pensou que fosse de propósito, brincadeira para assustar o companheiro ou mostrar que ninguém batia ele em comprimento de fôlego. Mas qualquer fôlego, por mais comprido, tem hora de acabar, e se a pessoa esperar até o último minuto não aguenta chegar em cima. Teria Guinácio nadado por baixo da água e aparecido em alguma moita mais embaixo para deixar Tubi pensando que ele ainda estava no fundo? O medo de passar por bobo, ou assustado, fez Tubi esperar um pouco mais. Por fim ele resolveu gritar. Começou experimentando, fingindo despreocupação, Guinácio podia estar escondido esperando. Vendo que ele não aparecia, abriu a boca com vontade, gritou até ficar rouco, correndo para cima e para baixo. De repente se lembrou que se Guinácio ainda estivesse no fundo do poço não poderia ouvir, e saiu correndo pelo mato, pela estrada, até chegar em casa.

Encontrar Guinácio foi fácil, mas soltá-lo da forquilha é que foi elas. Vários homens mergulharam juntos, experimentaram, puxaram, sacudiram, não havia meio, se fizesse muita força iam arrancá-lo sem a cabeça. Por fim arranjaram um pau, mergulharam com ele, abriram a forquilha, fazendo alavanca, só assim tiraram. O coitado tinha o corpo e a cara da cor de cinza e a barriga esticada de tanta água engolida, e quando deitaram ele no capim, e a cabeça dele pendeu para um lado, a água escorreu em bica fina, como de garrafa tombada. Levaram ele nas costas para o rancho, e logo começou a chegar gente, mulheres mais, todos muito se impressionando com o esbugalhado dos olhos.

A mãe de Guinácio, uma mulher calada, meio boba, puxou um tamborete para junto do jirau onde deixaram o corpo, sentou e não arredou mais, os olhos fixos no rosto do morto, como se esperasse que uma explicação, uma justificação, fosse aparecer nele a qualquer momento. O carapina veio tomar as medidas para fazer o caixão, ela não quis deixar, abria os braços sobre o filho, protegendo. Veio gente tirá-la, ela se agarrou aos pés do jirau, tiveram que desistir, se puxassem derrubavam o corpo. Procuraram o pai para tomar uma providência, não o acharam em parte nenhuma. O carapina fez o caixão mesmo sem as medidas, fez grande para garantia de não sair pequeno. Na hora de pôr o corpo dentro foi mais triste ainda. Experimentaram de novo tirar a mãe

de perto, pedindo, aconselhando, ela não atendia, perguntavam pelo pai para ajudar, ninguém sabia.
— Assim também não. É preciso tirar o defuntinho para enterrar — disse alguém no rancho cheio de gente.

Vários homens seguraram os braços da mulher, sujigaram a coitada aos trancos, à moda de soldados prendendo criminoso, ela gritava, mordia, dava pontapés, se embolaram por cima do jirau, os homens estavam tão enfezados que já xingavam, o jirau despencou de um lado e o corpinho escorregou mas não caiu de todo, ficou com um pé no chão e o outro preso nas varas espandongadas, a calcinha de riscado repuxada para cima mostrando a perna escalavrada das travessuras.
— Para, gente! O menino caiu! — gritou alguém.
— Deixa cair, que do chão não passa — respondeu outra voz no bolo que rodava pelo cômodo pequeno derrubando panelas no fogão, esbarrando os pés numa gamela que rolou de um canto, tropeçando nos paus de lenha de uma pilha que se desmanchou.

De repente, ninguém viu como, ela passou a mão num tição e boleou-o para cima dos homens, num instante eles limparam o rancho, passando aos dois e aos três pela porta estreita, aluindo as paredes de pau a pique, com perigo de derrubar tudo.
— Ora vá pro... vá pro... — disse um homem indignado lá fora, esfregando as costas da mão alcançada por uma fagulha, e só não completando a frase por respeito ao morto. — Fique com o defunto, durma abraçada com ele. Eu cá não me envolvo mais.

Os outros ficaram de longe, debaixo do mamoeiro, em volta do jacá de liquada, olhando e pensando.

De tarde encontraram o pai do menino dormindo debaixo de uma árvore no mato, com uma garrafa de pinga vazia do lado. Quem achou deu aviso, muitos foram buscar, levaram para o Amanhece, que ficava mais perto, jogaram uma cuia de água no rosto dele, D. Zilza mandou fazer um café forte, deu para ele, foi conversando, se conformasse, Deus sabe o que faz, era preciso enterrar o menino, estava ficando tarde, desse exemplo à mãe, falasse calmo com ela.

Depois que bebeu o café sem açúcar, sentado no banco da cozinha, sem tirar os olhos do chão, ele foi parando de chorar,

163

suspirou, pediu muito desculpa pelo papel que tinha feito, beijou a mão de D. Zilza e foi para o rancho, com aquela gente toda atrás, parece que mais interessada em ver o que pudesse acontecer do que em ajudar. O pai entrou sozinho no rancho e desapareceu na escuridão sem janela. Ninguém ficou sabendo o que ele disse ou fez lá dentro, quem é que quer graça com tição aceso? Não demorou muito, os dois apareceram na porta, ele com o braço no ombro dela, ela mansa, olhando para o chão; saíram e foram andando sem olhar para ninguém, sozinhos no mundo. Os outros também não diziam nada, só olhavam, desapontados, respeitosos. Os dois sentaram no tronco de uma árvore caída e ficaram lá calados, de cabeça baixa. Não quiseram tomar parte no enterro, que foi feito às carreiras, todos queriam ficar livres depressa, já tinham perdido muito tempo.

Quando Seu Jucá chegou, dois ou três dias depois, Tubi cortou voltas para não ficar perto dele; tomou a bênção depressa e desapareceu. Na hora do jantar alegou enjoo de estômago e escondeu-se na casa da farinha até que tirassem a mesa, mais tarde defendeu-se com Conceição. No dia seguinte aplicou a mesma desculpa da doença para não levantar cedo, mas na hora do almoço Seu Jucá foi buscá-lo dentro da tulha de arroz na casa dos mantimentos.

– Acabe com isso e vem comer. Já sei de tudo, sua mãe me contou. Que te sirva de lição para não ser desobediente.

Tubi saiu da tulha desapontado e levou muito tempo espanando os grãos de arroz da roupa e do cabelo; e entrou em casa satisfeito por ter se livrado daquela preocupação.

Durante o almoço Seu Jucá conversou muito, quebrando a sua própria norma de não falar na hora da comida. Contou as novidades da cidade, deu notícias de pessoas conhecidas de D. Zilza, comunicou o convite que fizera ao Dr. Eugênio para passar uns tempos no sítio logo que pudesse montar a cavalo – ele esteve quase à morte, você soube? – e D. Zilza teve dificuldade em saber quem era o Dr. Eugênio, só se lembrou quando Seu Jucá disse que era o Eugênio filho de D. Joana Loureiro. Então D. Zilza recordou uma surra que o Eugeninho levou da mãe ali mesmo no Amanhece por ter quebrado a mão de um Sagrado Coração quando brincava de esconder atrás das dobras da toalha de mesa do oratório. Seu Jucá não se lembrava, já fazia muito tempo, há quantos anos que D. Joana tinha morrido. Por fim Seu Jucá deu a notícia que deixou Tubi alvoroçado.

– Estou nos casos de comprar o automóvel do Major Boanerges. Mas D. Zilza ficou alarmada.

– Não é perigoso não, Jucá? Automóvel corre muito, bate em barranco; desembesta ladeira abaixo.

– Perigoso nada, mãe. Cavalo é muito mais. Espanta com qualquer coisa, pula, arrebenta a barrigueira, derruba quem está montado. Henricão não quebrou a perna numa queda de cavalo? E ele é peão, estava acostumado.

Para evitar discussão Seu Jucá disse que era apenas uma ideia, ainda não tinha decidido, dependia de muitas coisas. Tubi murchou imediatamente, mas de noite sonhou com o automóvel levantando poeira pelas estradas do Amanhece, ele na direção.

A notícia chegou num dia escuro de chuva miúda, dia próprio para acontecimentos tristes. Quem a levou, de longe parecia um bicho esquisito, de perto era um homem embrulhado numa caroça. Vinha da Paciência avisar que Seu Belarmino tinha morrido. Quem ouviu primeiro foi D. Zilza, não acreditou.

– Morreu de quê, homem de Deus! Uma pessoa tão forte, tão sadia!

– Morreu matado, sim senhora.

– Valha-me Nossa Senhora! Quem matou? Por quê?

– Ninguém sabe não senhora. Foi achado na beira da estrada já duro, formigas passeando na boca.

D. Zilza nem teve cabeça para mandar o homem apear. Correu lá dentro e mandou chamar Seu Jucá para ajudá-la a receber a notícia. Ele estava no canavialzinho consertando uma cerca com o Firmino de Rita, veio reclamando.

O homem repetiu a notícia, não esclareceu mais do que já tinha falado, só sabia aquilo.

– É. Tenho que ir dizer adeus ao Belarmino – disse Seu Jucá.

D. Zilza queria ir também para consolar a viúva, ajudar nas rezas, no que fosse preciso, Seu Jucá desaconselhou; não convinha ir com chuva, podia adoecer, ela já não estava queixando de dor na perna, como é que queria sair com aquela friagem? Pessoas diligentes já tinham preparado o corpo e levado para a sala. Deitado entre velas, vestido de preto, um lenço envolvendo a nuca e a boca para disfarçar o estrago das formigas. Seu Belarmino não convencia como morto; parecia que ele estava brincando de assustar os amigos, e a qualquer momento podia sentar na mesa, pular para o chão e dar uma de suas gargalhadas sadias. As pessoas chegavam pisando leve, paravam ao lado da mesa e ficavam olhando Seu Belarmino com todo o respeito, e quando achavam que já tinham se demorado bastante saíam de cabeça baixa, torcendo o corpo de lado para abrir passagem e dar lugar a outros. Cumprida essa obrigação, ficavam livres para acender cigarros e conversar sobre o acontecido, indagar como foi mesmo, por que teria sido, aventurar hipóteses.

    As mulheres, mais práticas em assuntos de tristeza, chegavam de rosário na mão, persignavam-se, rezavam um pouco, com os olhos presos a uma marca qualquer da toalha da mesa, suspiravam, persignavam-se de novo e saíam chorosas para conversar lá dentro. Ninguém deixava de notar os vaivéns do cachorro Balisco em sua inquietação pela casa, entrando e saindo da sala, farejando em volta da mesa, deitando-se em um canto, levantando-se em seguida para sair e logo reaparecer na busca de uma pista que o ajudasse a entender.

    As visitas achavam aquilo extraordinário, imaginem, o cachorro sente que o dono morreu, está procurando; depois dizem que bicho não tem alma.

    Seu Belarmino e Balisco. Descobriram que no dia e na hora provável da morte o cachorro acordou de repente e começou a uivar, depois deitou-se debaixo da cama de Seu Belarmino e ficou gemendo baixinho. Não adiantou chamarem, ele não saía. Quiseram tocar com um pau, ele ameaçou morder. Faculdades fantásticas eram atribuídas aos cachorros, aos bichos em geral, e ouvindo todos aqueles depoimentos Tubi lamentava ser apenas gente, uma espécie aparentemente inferior. Cachorro, por exemplo, vê o que gente não vê, ouve o que gente não ouve. Aí alguém tomou a defesa do homem, disse que eles também adivinham quando a morte vai chegar. O próprio Seu Belarmino devia ter pressentido que ia morrer. Dias antes ele desistira de comprar as terras de Seu Tonico Vaz, depois de levar anos insistindo pelo negócio; disse que o compromisso era grande e que ninguém sabe o dia de amanhã. E de repente todos os presentes que tiveram contato com ele nos últimos tempos foram se lembrando de passagens então consideradas triviais ou obscuras, e que agora se iluminavam e se explicavam. A velha pendenga com Osmínio Coelho, que ameaçava acabar em pescoções ou mesmo tiros, foi resolvida pacificamente num encontro casual na estrada. "Olhe aqui, Osmínio, vamos acabar com essa desavença boba entre vizinhos. Você diz que gente minha matou sua vaca. Se mataram, eu arco com o prejuízo. Quanto é a vaca?" Seu Osmínio disse que caiu das nuvens, não esperava aquilo, não quis cobrar. "Então você vai lá no sítio e escolhe outra a seu gosto." Para encerrar o assunto Seu Osmínio, prometeu ir, mas ainda não tinha ido. Teve também o caso da viúva que foi pagar uma dívida antiga ainda deixada pelo marido. Seu Belarmino nem deixou que ela desembrulhasse o dinheiro do lenço, disse que guardasse para os meninos. Ela protestou, fazia questão, era pedido do marido. "Dívida é dívida, Seu Belarmino. Me deixe pagar que eu aindo fico agradecida pela sua paciência." Ele pensou e propôs: "Então pague em reza". A mulher chorou e beijou a mão dele, sem saber que estava se despedindo para sempre. Contaram ainda uma discussão com um empregado, todo mundo pensou que ele ia pôr o homem para fora do sítio com a família e os badulaques, como fizera de outras vezes que fora desrespeitado. Seu Belarmino virou as costas e foi para dentro, o homem ficou esperando as contas. Mais tarde Seu Belarmino chamou e propôs: "Vamos pôr uma pedra nisso, Dito. Você sempre foi bom empregado. Se quiser ficar, o seu serviço está aí". Agora Dito era um dos que choravam na sala.

E os passeios que ele deu de fazer. De repente, sem mais nem menos, arreava o cavalo e saía sem destino, quando voltava era falando em coisas insignificantes, que nunca o tinham interessado antes – um ninho de beija-flor que tinha visto, uma paineira carregada, um joão-de-barro fazendo casa; parecia que ele estava tomando posse do sítio com anos e anos de atraso, mas agora

167

viam que ele estava era se despedindo. Um dia ele teve vontade de comer requeijão quente, não estavam fazendo requeijão. D. Elisa teve que apanhar um da despensa e desmanchar no fogo, não ficou igual mas ele disse que servia, dava uma ideia. Seu Belarmino estava vivendo com pressa, queria abarcar muito em pouco tempo.

Tudo isso se contava, se juntava e inteirava. Ele viera dando as deixas aqueles dias todos e ninguém percebeu – nem a mulher, que teve um aviso muito claro quando lembrou a ele a necessidade de fazer roupas novas para a festa do Barro Preto e ele respondeu que desconfiava muito que esse ano não ia ter Barro Preto para eles.

Por que então ele não falou claro, minha gente eu vou morrer por esses dias, uma coisa me diz? Uns achavam que ele não tinha certeza, apenas desconfiava e não queria passar por fiteiro caso nada acontecesse; outros que ele recebeu o aviso mas com a proibição de falar, por isso só pôde fazer sinais que ninguém entendeu. Agora ele estava ali deitado entre velas, não precisava mais falar cifrado. Só ele sabia quem o matou, e por quê. Deitado na mesa, os pés meio abertos com o peso da botina, Seu Belarmino era um enigma.

Na volta para o Amanhece Tubi ia preocupado com uma pergunta que tencionava fazer ao pai mas não achava jeito. Por várias vezes ele esteve a ponto de abrir a boca mas se conteve, receando que a voz não saísse no tom certo. Era preciso muita cautela para não revelar o motivo da pergunta, imagine se o pai desconfiasse da cisma dele. Tubi ensaiou várias maneiras de perguntar, e quando achou que tinha achado a maneira certa, faltou a coragem. Então ele foi marcando prazos improrrogáveis. Quando chegarmos naquele cupim eu pergunto. Chegavam ao cupim, ele ficava na dúvida se era aquele ou outro mais adiante. Marcava outro cupim, ou uma árvore, ou um boi pastando, e na hora o pai estava acendendo um cigarro, ou se desviava muito para um lado da estrada, ou tossia, e Tubi perdia a oportunidade. Estaria ele sendo injusto com o pai? Pecando contra o mandamento de honrar pai e mãe?

Os cavalos pisavam surdo na terra mole da chuva da véspera. Uma tartaruguinha morta na estrada, a barriguinha cor-de-rosa virada para cima, murchando ao sol frouxo. Tubi parou o cavalo e se inclinou para olhar. Formiga não perde tempo. Lá estavam elas, ativas, atacando. Aí ele pensou nos muitos bichos que morrem na estrada e são comidos por outros bichos. A estrada é perigosa para todos, até para formigas. Quantas formigas aqueles dois cavalos não tinham matado naquele dia? Numa pisada só, quantas não morrem? Não é só bala que mata. Bala de carabina 44, a ponta rachada em cruz pra fazer maior estrago.

Tubi olhou o pai que seguia na frente, o chapéu já meio puído na quina do amassado, um chapéu que seria reconhecido mesmo separado do dono (o chapéu de Seu Belarmino estava pendurado num cabide na varanda da Paciência, quem olhasse para ele via em continuação a cabeça e o rosto de Seu Belarmino, engraçado esse casamento do chapéu com o dono), o paletó esticado nas costas por causa da curvatura que Seu Jucá apanhara depois do tiro. Seu Jucá também podia ter morrido, e se tivesse eles não estariam ali juntos, de volta da despedida ao cadáver de Seu Belarmino. Tubi teve uma saudade repentina do pai, uma vontade de ser amigo dele, de nunca desobedecê-lo nem lhe dar trabalho; cutucou o cavalo com os calcanhares, alcançou o pai.

– Pai, o senhor vai mesmo comprar o automóvel?

O pai deu uma chupada demorada no cigarro, jogou-o fora, soprou a fumaça pelo nariz, depois pela boca; respondeu como se falasse com gente grande:

– Vou, filho. Estou resolvido. Bobagem a gente viver poupando dinheiro. De repente cai morto e não fez o que teve vontade. Não viu Seu Belarmino?

Tubi esqueceu o morto, as tristezas da noite, tudo o que tinha pensado e sofrido. Mas surgiu uma dúvida.

– E quem vai guiar?

– O Jorgito de Amélia vai me ensinar. Depois eu ensino você. É. Com um automóvel o Amanhece ia ser melhor ainda.

169

BIOBIBLIOGRAFIA

José J. Veiga – Nasceu em Corumbá, Goiás, em 1915. Depois de concluídos os estudos secundários no seu estado natal, transferiu-se para o Rio de Janeiro, onde se formou pela Faculdade Nacional de Direito, em 1941. Entre suas atividades, destaca-se o jornalismo: trabalhou em *O Globo* e na *Tribuna da Imprensa*, no Rio de Janeiro; na BBC, então permanecendo na Inglaterra de 1945 a 1950; e foi tradutor e redator do *Reader's Digest*. Finalmente, dirigiu o setor editorial da Fundação Getúlio Vargas.

Estreou como ficcionista já em fase avançada de sua vida, em 1959, com *Os cavalinhos de Platiplanto* – contos, que receberiam "Menção honrosa" da Comissão Julgadora do "Prêmio Monteiro Lobato" e o "Prêmio Fábio Prado", da UBE, S. Paulo. Mais tarde, em 1973, lhe seria concedida mais uma "Menção honrosa" pelo Concurso Nacional de Literatura ao romance *Sombras dos reis barbudos* (1972).

Contista e romancista (ou novelista), publicaria a mais as seguintes obras: *A hora dos ruminantes* – romance, 1966; *A máquina extraviada* – contos, 1968; *Os pecados da tribo* – romance, 1976; *De jogos e festas* – novelas (e conto), 1980; *Aquele mundo de Vasabarros* – romance, 1982; *Torvelinho dia e noite* – romance, 1985. Todas elas têm merecido sucessivas edições e algumas traduções: *The Misplaced Machine and Others Stories* (*A máquina extraviada*) 1970 e *The Three Trials of Manirema* (*A hora dos ruminantes*) 1970, ambas edições norte-americanas, e da segunda, também uma edição inglesa, 1979; *Los caballitos de Platiplanto*, 1972, edição mexicana; *Sombras de Reyes Barbudos*, 1978, edição espanhola; *Dr Droutyggertimen*, Dinamarca, 1979; *Idisslarnas Timme*, Estocolmo, 1979; e *Droutiggernes Time*, Oslo, 1979.

ÍNDICE

Do real ao mundo do menino possível/Prefácio de
J. A. Castello 7
Notas 12
A usina atrás do morro 15
Os cavalinhos de Platiplanto 29
Fronteira 37
Tia Zi rezando 41
Professor Pulquério 48
A Invernada do Sossego 59
Roupa no coradouro 67
Entre irmãos 77
A espingarda do Rei da Síria 81
A viagem de dez léguas 89
Diálogo da relativa grandeza 97
Onde andam os didangos?... 103
Os noivos 110
O Largo do Mestrevinte 114
Os cascamorros 118
O galo impertinente 123
O cachorro canibal 127
A máquina extraviada 132
Tarde de sábado, manhã de domingo 136
Na estrada do Amanhece 147

Biobibliografia 170

171

COLEÇÃO MELHORES CONTOS

ANÍBAL MACHADO
Seleção e prefácio de Antonio Dimas

LYGIA FAGUNDES TELLES
Seleção e prefácio de Eduardo Portella

BRENO ACCIOLY
Seleção e prefácio de Ricardo Ramos

MARQUES REBELO
Seleção e prefácio de Ary Quintella

MOACYR SCLIAR
Seleção e prefácio de Regina Zilbermann

MACHADO DE ASSIS
Seleção e prefácio de Domício Proença Filho

HERBERTO SALES
Seleção e prefácio de Judith Grossmann

RUBEM BRAGA
Seleção e prefácio de Davi Arrigucci Jr.

LIMA BARRETO
Seleção e prefácio de Francisco de Assis Barbosa

JOÃO ANTÔNIO
Seleção e prefácio de Antônio Hohlfeldt

EÇA DE QUEIRÓS
Seleção e prefácio de Herberto Sales

MÁRIO DE ANDRADE
Seleção e prefácio de Telê Ancona Lopez

LUIZ VILELA
Seleção e prefácio de Wilson Martins

J. J. VEIGA
Seleção e prefácio de J. Aderaldo Castello

JOÃO DO RIO
Seleção e prefácio de Helena Parente Cunha

IGNÁCIO DE LOYOLA BRANDÃO
Seleção e prefácio de Deonísio da Silva

LÊDO IVO
Seleção e prefácio de Afrânio Coutinho

RICARDO RAMOS
Seleção e prefácio de Bella Jozef

MARCOS REY
Seleção e prefácio de Fábio Lucas

SIMÕES LOPES NETO
Seleção e prefácio de Dionísio Toledo

HERMILO BORBA FILHO
Seleção e prefácio de Silvio Roberto de Oliveira

BERNARDO ÉLIS
Seleção e prefácio de Gilberto Mendonça Teles

AUTRAN DOURADO
Seleção e prefácio de João Luiz Lafetá

JOEL SILVEIRA
Seleção e prefácio de Lêdo Ivo

JOÃO ALPHONSUS
Seleção e prefácio de Afonso Henriques Neto

ARTUR AZEVEDO
Seleção e prefácio de Antonio Martins de Araujo

RIBEIRO COUTO
Seleção e prefácio de Alberto Venancio Filho

OSMAN LINS
Seleção e prefácio de Sandra Nitrini

ORÍGENES LESSA
Seleção e prefácio de Glória Pondé

DOMINGOS PELLEGRINI
Seleção e prefácio de Miguel Sanches Neto

CAIO FERNANDO ABREU
Seleção e prefácio de Marcelo Secron Bessa

EDLA VAN STEEN
Seleção e prefácio de Antonio Carlos Secchin

FAUSTO WOLFF
Seleção e prefácio de André Seffrin

AURÉLIO BUARQUE DE HOLANDA
Seleção e prefácio de Luciano Rosa

ALUÍSIO AZEVEDO
Seleção e prefácio de Ubiratan Machado

SALIM MIGUEL
Seleção e prefácio de Regina Dalcastagnè

ARY QUINTELLA
Seleção e prefácio de Monica Rector

WALMIR AYALA
Seleção e prefácio de Maria da Glória Bordini

HÉLIO PÓLVORA
Seleção e prefácio de André Seffrin

HUMBERTO DE CAMPOS
Seleção e prefácio de Evanildo Bechara

ANTÓNIO DE ALCÂNTARA MACHADO*
Seleção e prefácio de Marcos Antonio de Moraes

COELHO NETO*
Seleção e prefácio de Marcos Pasche

NÉLIDA PIÑON*
Seleção e prefácio de Miguel Sanches Neto

*PRELO

GRÁFICA PAYM
Tel. (11) 4392-3344
paym@terra.com.br